女嫌いな美貌の王子に、ナゼか56番目の婚約者の私だけが溺愛されています

麻生ミカリ

✦

Illustration

森原八鹿

女嫌いな美貌の王子に、ナゼか56番目の婚約者の私だけが溺愛されています

contents

第一章　56番目の婚約者候補 …………………… 4

第二章　甘く蕩ける不埒な夜に …………………… 77

第三章　殿下の初恋と罠 …………………… 151

第四章　恋を知らなかった王子は たったひとりの花嫁を溺愛する ………… 216

あとがき …………………… 298

第一章　56番目の婚約者候補

「キャクストン公爵、古くからの友人であるきみにしか頼めぬことだ。引き受けてくれるか?」

玉座からの声を聞き、老年に差し掛かろうかという男は深く頭《こうべ》を垂れる。

「かしこまりました、我が王」

「すまない。まったく、父親とは無力なものだ」

「何をおっしゃいます。兄弟が仲違《なかたが》いするのは、いつの世も同じこと。雨降って地固まると申しましょう。諍《いさか》いは、いつか王子たちが手をつなぐ日の前触れやもしれません」

「そうあってほしいものだが――」

「ご安心を。ノークランド地方の遠縁に、気立ての良い娘がおります。養女に迎え、しかるべき教育を施し、準備をいたしましょう」

「よろしく頼む」

「御意に」

「わあ！　なんて美しい宮殿なんでしょう」

ララ・ノークスは、高い天井の宗教画を見上げて目を丸くする。

ここはオルレジア王国の中央にある王都の、さらに中心に建つ王族の住まう宮殿だ。

豊かな水と温厚な気候に育まれたオルレジアの王都は、至るところを水路が走り、人々はゴンドラで行き来する。

宮殿もまた、周囲をぐるりと水路に囲まれているため、初めてオルレジア宮殿を見る者は皆一様に「水の城だ」と口にするそうだ。

ララもまた、案内人の櫂《かい》が操るゴンドラに乗って来る途中、同じ言葉をつぶやいた。

だが、外から見るよりも宮殿の中はさらに芸術的な美しさで満ちている。

磨き抜かれた床は、オークの木片を寄せ集めて幾何学模様に組んだパーケットだ。

威厳のある柱が等間隔に並び、歴史ある王宮を美しく彩る。

ララは、二カ月前にオルレジアの王都へやってきた。

それから六十日、ずっと勉強漬けの時間を過ごし、ついにこの宮殿へ足を踏み入れることを許されたのである。

「ララ、そんなに大きな声を出してはいけませんよ。淑女として、堂々たる振る舞いを」

「はい、お養母《かあ》さま」

王都から離れたノークランド地方に生まれ育ったララが、キャクストン公爵に請われて養女に迎えられたのは、二カ月前のことになる。

国内でも名だたるキャクストン公爵が、遠縁とはいえ中央貴族とは交流のないノークス家から養女をとったのは、ほかでもない第二王子との縁談のためだ。

――実家への援助もしてくださったお養父《とう》さまとお養母《かあ》さまのため、ララはがんばります！　目指せ、立派な淑女！

王都で過ごした二カ月間、貴族令嬢としての振る舞いを朝から晩まで叩《たた》き込《こ》まれた。

ダンスは脚がもつれたし、語学は頭が混乱したけれど、貿易や海外との交渉術はとても楽しく学ぶことができた。

これは、ララの育ったノークランドが貿易に特化した街であることも関係している。

――いちばんつらかったのは、お食事だったけれど……

一日三回の食事は、ひたすらにマナーの勉強だった。

ララはあれほど味のしない、楽しみを感じない食事をほかに知らない。

おそらく出された料理は、どれも料理長が腕をふるったものだったのだろう。

――でも、これであのつらい食事にもさよならね。今日からは、もう練習でも勉強でもないんだわ。

本番が始まる。

ララは、第二王子の婚約者候補としてこれからこの宮殿に滞在することになる。

公爵夫妻からは、

「どうしても無理だった場合には、戻ってきてかまわない」

「できるかぎり、努力していらっしゃい。できる範囲でいいのだから」

と言われていた。

縁談のために養女をとっておきながら、あまり期待されていないような雰囲気に戸惑いつつも、ララはララなりに第二王子と向き合おうと思っている。

――第二王子のセシル殿下ってどんな方なのかしら？

公爵夫妻のあとを歩きながら、ララは宮殿内の装飾に目を奪われそうになるのをこらえた。

淑女は、キョロキョロしながら歩いてはいけない。

けれど、どうしても目がいってしまう。

今まで見たこともないような、美しい額縁《がくぶち》に入れられた絵画。

年代物の、精緻《せいち》な模様を編み込んだ絨毯《じゅうたん》。

高い吹き抜けの天井には、落ちてきたらひとたまりもなさそうな大きな大きなシャンデリアが飾られている。

そして、何よりも――

きゅるる、と小さく腹の虫が鳴いた。

――どこかから、バターの香りがするわ。これはきっと、焼き菓子だと思う！　それともケーキかしら、パイかしら。ああ、気になる。気になるわ……！

思わず足を止め、目を閉じて、鼻先をくすぐる香りを大きく吸い込んだ。

ララは小柄で華奢《きゃしゃ》な体躯《たいく》の娘である。

見るからに儚《はかな》げで、初対面の人間はたいてい、彼女のことを繊細な少女だと思う――らしい。

しかし、実際はまったく真逆だ。

繊細をボリボリかじって食べてしまうくらい、おいしい料理に目がない。

特に甘いものは大好物で、果実や焼き菓子を愛している。

もっとも十八歳の健康な女性ならば、食欲旺盛なのも当然だろう。

――はあ、こんないい香りがしていては、ますますお腹《なか》が鳴ってしまいそう。これからセシル殿下にお会いするのに大丈夫かしら。

甘い香りを堪能し、ゆっくりと目を開ける。

すると、先ほどまで前を歩いていたはずの公爵夫妻の姿がない。

「お養父さま、お養母さま、どこに――」

立ち止まっていただけではなく、目を閉じていたせいで、置いていかれたことにも気づかなかった。

さて、困った。

当然ながら、ララには宮殿の内部がどうなっているかなんてわからない。

貴族令嬢としての教育を二カ月で詰め込まれてはきたものの、そんなもの付け焼き刃だ。

刃はないより、あったほうがまし、程度のものである。

とはいえ、ララは見た目に反して肝が据わった娘で、この程度で慌てることもない。

キャクストン公爵からは、ララの泰然自若《たいぜんじじゃく》な面がよいと褒められた。

――もっとも、お姉さまたちからは「ただぼんやりしてるだけよ」と笑われていたけれど……

見知らぬ宮殿でひとり残され、周囲を見回す。

吹き抜けの大階段の下で、ララはどうしたものかと瞬《まばた》きをした。

――ここで待っていたら、誰かが探しにきてくれるかしら？

新しい靴は、少し踵《かかと》が痛い。

もしかしたら、靴ずれを起こしているかもしれない。

できれば座って確認したいところだが、見たところ周囲に椅子はなかった。

かといって、さすがに階段に座り込むのがまずいのはわかる。

「はあ、どうしましょ」

とは言うものの、できることがないなら待つだけだ。

人が通りかかってくれたら、聞くことができるのにと思いつつ、鳴りつづけている腹の虫に気づかれたくはない。

――キャクストン公爵家の令嬢が、空腹でぐうぐうお腹を鳴らしていたなんて噂《うわさ》されたら、お養父さまに迷惑をかけてしまうわ。落ち着いて、わたしのお腹。今はまだ食事の時間ではないのよ。

貴族たちは、さまざまな手を用いて政治をするという。

政略結婚しかり、養子縁組しかり。

今回の養子縁組も同じだ。

キャクストン公爵夫妻には、息子が三人いる。

一番下の三男で、すでに三十五歳。全員、結婚して妻と子どもと暮らしていた。

長男一家は、この二カ月同じ屋敷でララにとても親切にしてくれた。

彼らにも、迷惑をかけるわけにはいかない。

もし誰かが通りかかったら、腹が鳴るのをかき消すような大きな声で話すのはどうだろうか。

――うう、それはそれで礼儀がないわ。どこかでお水が飲めたらいいのだけど……

のっぴきならない胃袋事情を抱え、ララは天井を仰いだ。

美しいシャンデリアが、ララの真上に吊《つ》るされている。

ああ、美しい。そう思っていると、コツコツと足音が聞こえてきた。

「ララ・ノークスさま」

「は、はいっ！」

急に名前を呼ばれて、ララはびくっと両肩を震わせた。

階段の裏手にある扉から姿を現したらしい女性が三名、こちらに向かって歩いてきている。

ひとりは年長の女性で、背筋がぴしりと伸びていた。

そのうしろに並ぶふたりは、ララと同じか少し年上だろうか。

「お初にお目にかかります。わたくし、この旧宮殿にて侍女長を務めております。エラリー・フォルクスと申します」

「ララ・ノークスです。あの、どうぞよろしくお願いいたします。すみません、公爵夫妻とはぐれてしまいまして」

「はい、存じております。キャクストン公爵より、ララさまをお迎えにあがるよう命じられました」

――そうだったのね！　お養父さま、ありがとう！

エラリーは、表情筋をぴくりとも動かすことなく、無表情でふたりの若い侍女に視線を向ける。

「こちらは、ファルティとルアーナでございます。ララさまのお付きの侍女となりますので、以後お見知りおきを」

「そうなのね。初めまして、ファルティ、ルアーナ。ララ・ノークスと申します」

ふたりの侍女がそろってお辞儀をした。

「公爵さまから、ララさまがお疲れと聞いていています。先にお部屋へご案内いたします」

「まあ！　ありがとうございます」

とりあえず、言われるままに案内され、見知らぬ宮殿を歩いていく。

ひとつ気になっているのは、旧宮殿という部分だ。

——旧宮殿ということは、新宮殿もあるのかしら。

たった二カ月の勉強期間では、王族の系譜を多少かじった程度で、宮殿建物のことまでは学ぶ余裕がなかった。

考えている間に、侍女長のエラリーがぴたりと足を止めた。

「こちらがララさまのお部屋でございます。キャクストン公爵家より預かった荷物もお運びいたしました。ほかに必要なものがあるときは、侍女にお申し付けくださいませ」

「はい。ありがとうございます、エラリー」

頭を下げられて、ララも同じくらい深くお辞儀をする。

キャクストン公爵家から運び込まれた荷物は、養父と養母が準備してくれたドレスや装飾品の類《たぐい》だろう。

重厚な扉が、ぎいと音を立てて開かれる。

「……っ、え……？」

目の前に広がったのは、たっぷりとレースを使ったカーテンがかけられたアーチ型の大きな窓だ。

同じレースが、長椅子のカバーにも使われている。そして、寝台の天蓋布《てんがいふ》にも。

――王女さまのお部屋みたい。

空腹も忘れ、ララは愛らしい装飾が施された室内を見回す。

この部屋が自分のために用意されたものだなんて、信じられないほどだ。

もしかしたら、第二王子はララを待ちわびていてくれたのだろうか。

――こんな豪華なお部屋を用意してくださっただなんて、ぜひセシル殿下にお礼を申しあげたいわ。

「それでは、どうぞおくつろぎくださいませ」

「え、あの、養父《ちち》たちはどちらに」

「ご心配なさらずとも、ララさまを監禁するわけではございません」

――監禁!?

物騒な単語に、思わず体がこわばった。

婚約者候補として宮殿へやってきて、監禁なんてされてはたまったものではない。

――だけど、わからないわ。もしかしたら、ここで飲まず食わずの時間をどのくらい過ごせるかを試されたら……

そんなことがあるわけない。

頭ではわかっているのだが、空腹のところにバターの甘い香りをたっぷり吸い込んだせいで、胃が心細くなっている。

「せ、せめて飲み物をいただけませんかっ」

ぐうううう、とそれまでおとなしくしていた胃が悲鳴をあげる。

涙目でエラリーを見上げるララの耳に、コツ、と足音が響いた。

「ずいぶんと騒がしいな」

次いで、憂いを帯びた男性の声が聞こえてくる。

動揺しきりのララの心を、ひと撫《な》でであやしてしまう、魅惑の声音だった。

声のしたほうを振り向くと、艶《つや》やかな黒髪の男性が立っている。

――なんて……美しい人……

長身に高貴な衣服をまとい、長い脚を邪魔と言わんばかりに交差して、青年が壁に軽く寄りかかっていた。

輪郭だけでも美貌が伝わるけれど、その顔立ちはこの世のものとは思えないほどに端整だ。

こちらを見ているのに、どこか遠くを見ているような青紫の瞳。

通った鼻梁《びりょう》と、上唇が薄い唇。

精悍《せいかん》な頬《ほお》はすべらかで、顎が小さく首が長い。

そして、声と同様にその表情は甘く憂えて、悩ましげだ。

ひと言で表すならば、色香を漂わせている。

ララは、男性に対して艶冶《えんや》だと思うのは生まれて初めてだった。

「五十六番目の婚約者候補は、驚くほど活発な令嬢のようだね」

――五十六番目……？

はて、とララは首を傾《かし》げる。

「あの、あなたはもしかして……？」

彼こそが、自分の縁談相手なのかもしれない。

けれど、オルレジア王国のルールとして、名を尋ねるのは身分の高い者と決まっている。

「俺を知らないふりをする婚約者候補は、きみで三人目だ。皆、同じような作戦を立ててくるらしい」

――どうしよう。ほんとうに知らないのだけど、気分を害してしまったかしら。

眼前に立つ青年は、二十五か、六か。

王族、それも高位の男性で、若き人物。さらに、婚約の可能性がある人物となれば限られてくる。

「ほんとうに存じなかったのです。わたし、まだ王都に来て二カ月の新参者で――」

「残念だが、女性の手練手管に乗ってあげられるほどサービス精神が旺盛じゃないんだ。面倒は省こう。俺はこの国の第二王子、セシル・ハルクロフト・オルレジアだ。きみの名前は名乗らなくていい。覚える前に、きっときみはこの城を去っていくだろうからね」

「え、そうなんですか？」

彼は、ララのことを五十六番目の婚約者候補と呼んだ。

ここに来るまで知らされていなかったが、過去に五十五人もの令嬢たちと破談を繰り返してきたということになる。

それだけでも多少は驚くのだが、名乗る前に未来予告までされてしまった。

――こういう場合は、どんな対応をすればいいのかしら。うーん、令嬢教育で学んだことがさっぱり役立たないわ。

諸事情から、キャクストン公爵の養女となったララは、すぐ城から放逐されるわけにはいかない。

「俺は駆け引きを好まない」

「わ、わたしもです。気が合いますね」

大きくうなずいたララを見て、セシルが眉根を寄せた。

――まあ！　不機嫌そうなお顔も美しいのね。

青紫の瞳で見つめられ、思わず吸い込まれてしまいそうになる。

すると、ララの視線の先で侍女ふたりが笑いそうになるのを必死にこらえていた。

噛《か》み合わない会話のせいだろう。

「どんなやり口でも、好きにすればいい。きみが去ったところで、五十七番目の婚約者候補が来るんだろうからね」

くるりと踵《きびす》を返した彼は、振り返ることなく廊下を去っていく。

うしろ姿まで、極上に美しい男――彼の名は、セシル・ハルクロフト・オルレジア。

ララは、セシルの姿が見えなくなってから、はあ、とため息をついた。

「ところで、わたしが五十六番目の婚約者候補ってほんとうですか？」

小さく尋ねた声に、侍女長を筆頭に三人が同時にうなずく。

これは、夢ではないらしい――


……………………


ララは、ノークランド地方で育った。

王都までは馬車で二日もかかる、オルレジア王国の東端に位置する地域だ。

海辺にあるノークランドは、古くから貿易が盛んだった。

大陸の港として機能する、商業の街である。

活気にあふれたノークランドのマーケットには、人々の大きな声と笑顔が似合う。

だが、海に近いということは常に自然と隣り合わせている環境で、海が荒れれば街は閉ざされる。

嵐が来ると、高潮で建物が浸水し、大きな被害が出ることもあった。

いかに商業の街とはいえ、すべての領民が商人というわけでもなく、ほかの地域同様に農業や畜産に従事する者も多い。

海の機嫌ひとつで、多くの領民が困窮し、助けを求める。

父はノークランドを治める領主として、どんなときでも領民の救済を怠らなかった。

飢える者には食事を与え、震える者には毛布を差し出し、悲しむ者には寄り添って、住処《すみか》を失った者には家に伝わる財宝を分けてやった。

慈愛の領主と呼ばれる父を、家族は皆、心から愛していた。父の行動を誇りに思う。

ただ、その結果、ララは幼いころからいつだって、野菜スープと固いパン、運が良ければ領民が届けてくれた少しの肉や魚、果実という、質素な食事で育った。

誕生日にだけ、海向こうから仕入れた紅茶に、たっぷりの砂糖とミルクを入れて飲む。

これが一家のいちばんの贅沢《ぜいたく》である。

兄ひとり、姉ふたり、四人きょうだいの末子として生まれたララを、家族も領民たちもたいそうかわいがってくれた。

十二歳上の兄は結婚し妻と子とともに、ノークス家で暮らしている。

十歳上の双子の姉たちは、それぞれ地元の商家に嫁いだ。

ララは、家族を愛している。

ノークランドの領民たちを、愛している。

だから、キャクストン公爵の養女となることをふたつ返事で受け入れた。

簡単なことだ。

養女としてララを迎えたい公爵家は、多額の金を準備して挨拶に来たのである。

「ララ、私たちはきみを実の娘と思って迎え入れたい」

「わたしを、公爵さまの養女に……？」

「そうだ。無理強いをするつもりはないけれど、ぜひ前向きに考えてほしい。公爵家の娘として王家に嫁ぐことを」

何もわからない中で、ララは自分に求められる役割を受け入れようと決めた。

父は、娘を金で売るなんて考える人ではない。

しかし、ノークランドの領民たちは、昨年の大嵐の影響で未《いま》だに苦しい生活を強いられている時期だ。

ララが公爵の養女になるだけで、いったい何十人、何百人の者たちが救われるだろう。

――それに、お父さまだってもう少し栄養を摂《と》らなければ、今に倒れてしまうわ。

キャクストン公爵の養女になる、と伝えたとき、父はひどく悲しんだ。

「ララ、私たちのかわいい末娘よ。おまえは、誰よりも優しい子だ」

「お父さま、わたしは平気です。公爵さまたちは、実の娘のように大切にするとおっしゃってくださったわ。何も心配いりません」

「すまない、ララ」

「謝らないでください。いつだって、お父さまは言ってくださったでしょ？　『ララはみんなを幸せにする』って。わたしはどこにいても、誰といても、きっと笑顔で暮らせます。お父さまの娘ですもの。ララはいつだって、お父さまの幸せを願っています」

そして、ララはキャクストン公爵家の養女になることが決まった。

ノークランドの民たちは、ララの出立を笑顔で見送ってくれた。

父も、兄も、姉たちも、皆そろって。

ララが幼いころに亡くなった母だけは、そこにいない。

海難事故に巻き込まれた母は、遺体も見つからないままだった。

だから、ララは海を母だと思うことにしていた。

そういう意味では、いつもと同じ美しい海がララを見送ってくれていたのだから、母もそろっていたのかもしれない。

「いってきます。みんな、お元気で！」

「かわいいララ、どこにいてもおまえの幸せを願っているよ。王都での日々に祝福を」

年齢のわりに小柄で、月光を紡いだような白金髪の少女は、そうして生まれ育った土地を離れた。

あれはもう、二カ月前の出来事——


——五十六番目の婚約者候補ってほんとうに……？

目を覚ましたララは、豪奢《ごうしゃ》な寝台に慣れないまま、おそるおそる室内履きに足を入れる。

第二王子の婚約者候補として宮殿に来た。それは最初からわかっている。そのために公爵家はララを養女に迎えたのだ。

けれど、五十六番目。

その数字はあまりに大きい。

——それに、セシル殿下はわたしとの縁談をあまりお望みではない様子だったわ。

最初に自分が五十六番目の婚約者候補だと知ったときには、すでに宮殿内に五十五名の女性たちが暮らしているのかと焦ったけれど、そうではない。

過去に五十五名の令嬢たちと破談になったため、五十六番目としてララがここにいるのだ。

――わたしの実家とノークランドのみんなに援助をしてくれたキャクストン公爵のためにも、がんばって立派な婚約者になれたらと思っていたけれど……。

王子の態度から考えて、候補から正式な婚約者になるのは険しい道の気配がある。

そもそも五十五名もの令嬢たちが振り落とされているというのに、田舎から出てきたばかりの自分があの王子と婚約、ひいては結婚なんてできるだろうか。

「うーん……」

すべらかなシルクのガウンに袖を通し、ララは考える。

考えていても答えの出ないことばかりだが、きっと朝食はおいしいものが出るはずだ。

――そうだわ。何はさておき、おいしいごはんをいただきましょ！

儚げな外見とは裏腹に、少々図太い性格のララは前向きに事態を呑《の》み込《こ》む。

泣いても笑っても悩んでも落ち込んでも変わらないのなら、笑っているほうが楽しいに決まっているのだ。

そうしていると、侍女ふたりが朝のしたくにやってきた。

赤毛の侍女がファルティで、えくぼの侍女がルアーナ。

昨日、ララがセシルと話しているのを聞いて笑うのをこらえていた、元気のよさそうなふたりだ。

「ララさま、おはようございます」

ファルティの赤い髪が、さらりと揺れる。

「今朝はまだ宮殿に慣れていらっしゃらないかと思い、朝食をお部屋までお持ちしました」

ルアーナは、二段ワゴンを運んできた。

「まあ！　わたし、お腹が減っていたの。ぜひいただきます！」

「その前にお着替えです。セシル殿下の婚約者候補となられたからには、ララさまには正しい生活をしていただきませんと」

「そうですよ。でないと、侍女のわたしたちがエラリーさまに叱られます」

なるほど、お付きの侍女というのはララの面倒を見るだけではなく、この宮殿内での生活を教えてくれる存在らしい。

ある意味では、キャクストン公爵家での生活の続きだ。

ララはまだまだ勉強中の身ということになる。

——それにしても、彼女たちはとても動きがきびきびしていて、感じがいいわ。きっと侍女としての研修をしっかり受けてきたのね。

宮殿で侍女として働くからには、優秀なのは間違いない。

衣装部屋の扉を開けて、ファルティがいそいそと着替えを選びはじめる。

その間にも、ルアーナは椅子に座ったララの髪を梳《と》かしてくれた。

「ララさまの髪、昨日見たときからきれいだなって思っていたんです」

「ありがとう。王都の方たちは、みんなきれいに結い上げているから、もう少し毛先を切ったほうがいいのかしら」

白金髪をひと房、手にとってララは毛先をじっと見つめる。

「もったいないですよ。こんなにきれいな髪をしてらっしゃるのに」

「そう……？」

「髪も肌も瞳も、ララさまは色素が薄くて、まるで天使のようですね」

天使かどうかはさておき、色についてはルアーナの言うとおり、ララは人と違う外見をしていた。

国内に金髪は多けれど、ララほど白に近い白金髪はノークランドでも類を見ない。

そして、髪よりも珍しいのは瞳の色だろう。

ミルクを入れた紅茶よりも、ごく薄い色味のベージュ。虹彩《こうさい》の円周は、緑がかっている。

「さあ、ララさま。お着替えをご用意いたしました。美しい瞳にぴったりのドレスです」

ファルティが並べた衣装は、ノークランドを発《た》つときに、姉たちがあつらえてくれた新しいドレスだ。

「着替えを終えたら、お食事にいたしましょうね」

口で返事をするより先に、お腹がきゅるる、と小さく答える。

ララは「あっ」と小さく声を出し、両手で腹部を押さえた。

「……お着替えの前に、ちょっとだけ食べちゃいます？」

「ルアーナ、駄目よ。ララさまには、宮殿での生活を覚えていただくんだから」

「だって、かわいそうじゃない。知らない場所に来て、お腹が空いてるなんて。ご実家に帰りたいと言い出されたら、わたしたちお払い箱よ」

ハッとした様子でルアーナが口を覆う。

ファルティも、ララを見て目をそらした。

——お払い箱？

「あの、ふたりは以前からここで働いている……のよね？」

尋ねたララに、侍女たちはもじもじと顔を見合わせる。

「わたしたち、婚約者候補のご令嬢の側仕えとして雇われているんです」

「王室では、次の候補のための予備の侍女候補という訓練生のような制度があって」

二度、三度と瞬《まばた》きをして、ふたりの侍女を凝視する。

いろいろと考えるところはあるけれど、今、何より知らなければいけないことは——

「じゃあ、ファルティとルアーナは、わたしが婚約者候補でなくなったらどうなるの？　お払い箱って言ったけれど、侍女としての仕事がなくなってしまうの？」

赤毛とえくぼの侍女が、肩を落としてうなずいた。

自分の肩には、キャクストン公爵家の名誉とふたりの侍女の将来がかかっている。そういうことか。

「わたし、がんばってみるわね」

「え？」

「ララさま？」

十八歳の誕生日を迎える前から、田舎貴族の末娘であるララだっていくつか縁談は来ていた。

——だから、いずれどなたかと結婚しなければいけないことはわかっているの。

その相手が、この国の第二王子というだけの話だ。

「できる限り、がんばってみます。セシル殿下と仲良くなれるように」

大きくうなずいたララに、侍女たちの表情が明るくなる。

問題は、結婚にもララにも興味のなさそうな彼と、どうやって親しくなるか、だろう。

「よろしければ、セシル殿下のことでわたしたちが知っていることをお伝えしましょうか？」

ルアーナの提案に、数秒考える。

「うーん……」

答えを出すよりも先に、ドレスの着替えが終わった。

「まずは食事をいただくわ。一生懸命考えていたら、お腹がますます減ってしまいました……」

緊迫感のないララに、侍女たちが「まあ！」と笑い出す。

「今朝は新鮮な卵のお料理ですよ、ララさま」

「バターもたっぷりです」

「えっ、バター!?　バターを使っているの？　なんて豪華なのかしら！」

「……婚約者候補として、なんだかかわいそうになってきました」

「ね……」

侍女たちが悲しそうな顔で目配せしたあと、鈴を転がしたように笑い出す。

「もう、そんなに笑わなくたっていいじゃない。昨日、宮殿に来たときもバターを使った焼き菓子の香りがして、廊下でぐうぐうお腹を鳴らしていたのよ。はあ……バター、幸せの香りね……」

ララの言葉に、ますます笑い声が大きくなる。

知らない土地でも、やっていけそうだ、とララはあらためて思った。

人の笑顔がある場所ならば、きっと――

・・・・・┃・・・・・・・・・┃・・・・・

旧宮殿、とエラリーは言った。

中庭の散策に出たララは、ファルティから旧宮殿と新宮殿の説明を受けている。

「旧宮殿は、ララさまが滞在している東棟のことで、こちらは王弟のザライル卿《きょう》ご一家と、第一王子クロード殿下ご一家、そして第二王子セシル殿下がお住まいになっています」

広大な敷地に建つ宮殿は、外堀を水路で囲まれているだけではなく、ふたつの棟の間にも水流を構えている。

中庭と呼ぶには首を傾げる、白い石畳の坂道を歩きながら、太陽を浴びてキラキラと輝く水階段を見つめた。

「新宮殿は、陛下の生まれたときに建てられたものです。そのため、陛下は生まれてからずっとあちらにお住まいです。今は三人目の王妃さまと、仲睦まじくお暮らしと聞いています」

「三人目」

一応学んできたことではあるが、ララの周囲には再再婚までする人が少なかったので、不思議な気持ちになる。

「はい。クロード殿下の母君であった最初の王妃さまと、セシル殿下の母君であった二番目の王妃さまは、どちらもすでにお亡くなりでございます。ララさまは、十八歳でしたよね」

「ええ」

「ちょうど、ララさまがお生まれになったころに、三度目のご結婚をされたそうです」

伝聞調なのは、説明してくれるファルティもまだ二十歳と若いため、陛下の結婚を自分の記憶としては持っていないのだろう。

「あの……ところで、四阿《あずまや》はまだ先なのかしら？　ずいぶん歩いた気がするのだけど」

ふたりの侍女のうち、ルアーナはお茶の準備をしてからあとを追いかけてくると言っていた。

散策のゴールは、中庭の四阿だ。

そこでお茶をする予定になっている。

しかし、歩けども歩けども四阿にはたどり着かない。

それどころか、このまま新宮殿に到着してしまうのではないかとララは心配になってきた。

「もうすぐですよ。左手の林が途切れたところから、庭園に入れます。そこに大理石の四阿が――」

「よし、元気出していきましょ！」

気を取り直し、ララは足取りも軽く歩き出す。

ティータイムには、焼き菓子や軽食、果実が出ると聞いて楽しみにしていたのだ。

もちろん、宮殿や王室のことを学ぶ気持ちもあるけれど、おいしいお菓子にはかなわない。

――セシル殿下も、執務の間にお茶を楽しんだりするのかしら。

甘く憂鬱《ゆううつ》な気配をまとう、美しい王子。

長椅子に座り、お茶を飲む姿は絵画のように美しいだろう。

彼のことを教えてくれるという侍女たちの言葉にうなずけないのは、噂や伝聞ではなく、彼自身の言葉で聞きたいと思う気持ちがあるからだ。

政略的な婚約を前提とした婚約者候補であるのは、ララとて承知している。

キャクストン公爵がララを養女に迎えたのは、セシルの縁談相手として適齢の娘を親族から探した結果だと、今ならわかる。

五十六番目というからには、国中の貴族令嬢を集めても足りるかどうかという人数だ。

今回のララと同様に、遠縁の娘を養女として提案する貴族もいておかしくない。

これまでの経緯について、当事者であるセシル以外から聞くのはなんとなく彼に悪い気がしてしまう。

ララだって、自分のことを知りたいと思う人には噂ではなくララ当人に聞いてほしい。

自分がされて嫌なことは、人にしてはいけない。

幼いララに、父はそう教えてくれた。

――やっぱり、殿下のことは殿下から知りたい。

四阿に到着し、ひんやりと冷たい大理石の椅子に腰を下ろす。

ファルティは甲斐甲斐《かいがい》しくテーブルを拭きはじめた。

真新しい靴で長く歩いてきたため、つま先がひりついている。

テーブルの下に目を向けて、自分の足先をぴこぴこ動かしてみた。

靴の中で、爪の当たる部分に痛みがある。

「ララさま」

「はいっ」

淑女らしからぬ動作だったと叱られる。そう思ったララは、反射的に背筋を伸ばした。

「ルアーナがあそこで転倒したようなので、片付けの手伝いに行ってきてもいいですか？」

白い指先が示す先で、倒れたワゴンと慌てるルアーナの姿が見える。

「大変！　わたしも手伝うわ」

「いけません」

立ち上がりかけたララを、ファルティが両手で制止した。

「よろしいですか？　ララさまは、セシル殿下の婚約者候補なのです。それは、ララさまの行動が殿下の評判につながるということです」

「……はい。わかりました」

侍女の言わんとしていることは、よくわかる。

たとえ婚約者候補であっても、自分は今、わきまえなければいけない立場にいるのだ。

侍女が転倒したからといって、安易に助けてはいけない。

——だけど、ほんとうにそうなのかしら？　お父さまなら、きっと助けることを止めないと思う。

同時に父が慈愛の領主と呼ばれながら、領主として成功していないこともララは知っていた。

上に立つ者に優しさは必要だが、優しいだけではいけないのかもしれない。

それでも、父の優しさは美徳だ。

「わかってくださって嬉《うれ》しいです。片付けをして、再度お茶の準備をしてまいります。ララさまは、ここで待っていてくださいね」

「ええ、ここにいるわ」

この近辺に、と心の中で付け加える。

ファルティはルアーナを手伝って、散らばった焼き菓子や果実を片付けると、ワゴンを押して旧宮殿へ戻っていく。

さて、とララは思う。

お茶の準備をしてくるということは、往復する以上に時間がかかるということだ。

――宮殿に来てから、初めてひとりの時間だわ。

夜の寝室でも自分だけの時間はあったものの、疲れと緊張で昨晩はすぐに眠ってしまった。

そして、途中で目を覚ますこともなく朝までぐっすり、たっぷりと寝た。

なので、あらためてこれが初めてのひとりの時間なのである。

花壇の並ぶ中心に、ぽつんと建つ四阿の天井を見上げて、ララは周囲に目を向けた。

――誰も、いない。

辺りを確認し、そっと椅子から立ち上がる。

「はあ、解放された感じがする……」

ひとりごちて、テーブルの脇に立ち、人きく伸びをする。

背中がバキバキになっている――ような気がしたけれど、体を動かしてみれば思ったほどではない。

ララは、見た目の繊細さに反して相変わらず元気で健康だった。

足は少し痛いけれど、このくらいならあとで冷やせば問題ない。

――あの水階段、とてもきれい。やることもないし、少し近くで見てもいいかしら？

この近辺に、水階段は含まれることにしよう。

ついさっき、セシルの婚約者候補として恥ずかしくない行動をするよう言われたばかりなので、しずしずと令嬢らしく歩いていく。

天気の良い昼前だ。

ドレスの中は、少々蒸れる。

実家にいたら、きっとドレスのスカートを持ち上げて、足首までさらしていただろう。

――もちろん、ここではそんなことしないわ。人前で足首を見せるのははしたないことですもの。

石畳の上にしゃがみ込んで、ララは右手を水に伸ばす。

「わあ、冷たい！」

指先から伝わってくるひんやりとした感覚。

坂道を歩いていたときも思ったけれど、中庭を通る水階段は陽光に涼しく輝いている。

海沿いのノークランドで育ったため、水辺だと自分らしくいられるのだろうか。

けれど、海と水路は別ものだ。

ここは髪をべたつかせる海風の香りもなければ、潮騒《しおさい》も聞こえてこない。

「川で泳ぐお魚って、水がきれいすぎると暮らしにくいと聞くけれど……」

「王宮の人口水路に魚がいると思うなら、婚約者候補どのはずいぶん頭がお花畑だ。それとも、いいのは顔だけで頭の中は残念なのかな」

唐突に聞こえてきた声に、ララは驚いて顔を上げた。

「でっ……」

——殿下⁉　どうしてここに！

石畳を踏みしめる彼の影が、ララの上に降ってくる。

美しい男は、影まで美しい。その輪郭が、どうしようもないほどに物憂げなのだ。

ララは、かあっと頰を赤らめて立ち上がる。

まったく、ひどいことを言っているのに、なぜこんなに憂いのあるまなざしをしているのだろうか。

麗しく、艶《つや》やかに、官能的でありながら、芸術品のごとき美貌の、薄く消えそうな微笑。

——わたしの語彙力では表現がまったく追いつかないわ。セシル殿下って、すごい！

「殿下は頭の回転がお速いのですね」

「……どういう意味かな」

笑みを残しつつ、彼は口端に怪訝《けげん》をにじませる。

「とても楽しい言い回しの表現がぽんぽんと飛び出してくるので、思わず聞き入ってしまいました」

ララ自身、あまり口の立つほうではない自覚があるからこそ、彼の言葉選びに感動してしまう。

「きみにはもっと簡単な皮肉でないと伝わらないみたいだ」

「あ、それはよく言われます。理解に少々時間をいただくことが多くてごめんなさい」

素直に謝る。自分でもわかっているからこそ、迷惑をかけたくはない。

お辞儀をひとつ。頭を上げると、彼はなんとも言えない表情でこちらを見つめていた。

「…………」

沈黙に、困惑する。

この表情は、何かを訴えているのか。立腹しているのか、呆《あき》れているのか。

お互いに無言で見つめ合う数秒間。

先に動いたのは、セシルのほうだった。

はあ、と深い息を吐き、彼は右手で前髪をかき上げた。

それから、前髪を上げたままの格好で、かすかに目線を反らす。

虚空を見つめて憂い顔で一秒、二秒、三秒――

ゆっくりと、セシルが破顔した。

――えっ、なんて、なんて美しい……。

「では、はっきり言おう。俺はもっと大人の女性が好みでね。お尻に卵の殻がついているお子さまには欲情しないんだ」

「わかりました。わたしでは、殿下のお好みにそぐわないということですね」

力強くうなずいたララは、慣れない靴でバランスを崩した。

「あっ！」

体が水階段のほうへ倒れていく。

危ないと思ったときには、もう遅い。

「っっ……！」

ぎゅっと目を瞑《つぶ》って体をこわばらせた。覚悟を決めた。

しかし――

「痛く、ない……？」

おそるおそる目を開けると、ララは水の中に落ちていないではないか。

「何をしているんだ。歩くのもままならないなんて、子どもどころか赤子だぞ」

ララの体は、セシルに抱きとめられていた。

彼が助けてくれたから、水階段に転がり落ちずに済んだのである。

「ありがとうございます。姉たちがあつらえてくれた、大事なドレスだったので助かりました」

「ほんとうに大切なら、迂闊《うかつ》に動き回らないことだな」

「はい、そのとおりですね」

――もっともっと、大事にしなくちゃ。お姉さまたちへの感謝の気持ちを忘れずに！

まだセシルのことを何も知らない。

しかし、彼は誰かを、何かを大事に思うということを知る人だと感じた。

それが嬉しくて、ララは自然と微笑《ほほえ》んでいた。

「きみは――」

何か言いたげなセシルが、ハッとした様子でララから離れる。

それとほぼ同時に「ララさま！」とファルティの大きな声が聞こえた。

――いけない！　四阿で待っているよう言われたんだったわ！

「元気のよいきみにぴったりの侍女たちだ。それでは、小さなお嬢さん、俺はこれで退散するよ」

あえてララを恋愛対象外だと言いたげに「小さなお嬢さん」と呼んで、セシルがその場を立ち去る。

入れ替わりに、ファルティとルアーナが今度こそ倒さずにワゴンを運んできた。

「お待たせして申し訳ありません、ララさま」

ルアーナは、恐縮しきりで頭を下げる。

「いいえ、こんな遠くまで運んでもらうのがそもそもムリだったのよ。ごめんなさい、ルアーナ」

「ララさま……！」

涙目の侍女に微笑みかけたララだったが、もうひとりの侍女は目を吊《つ》り上《あ》げている。

「それで、どうして四阿ではなく、こんなところにいたのかを説明していただけますか、ララさま？」

「そ、それは、その……」

今度はララが身をすくめる番だ。

青空の下、宮殿の広い中庭で、婚約者候補と侍女たちの楽しいお茶会が始まった。

「今回の婚約者候補も、セシル殿下は追い払ってしまいそうな様子でした」

報告を受けた青年は、フンと鼻を鳴らして笑う。

「そうか。弟には困ったものだ。王の子としての自覚が足りないようだね」

「はい。やはりクロード殿下こそが、次期国王にふさわしいともっぱらの評判です」

「いやだな。僕はそんな器ではないよ。けれど、皆の期待に応えることも王子としての義務だと自覚していている。セシルもそうあってほしいものだね。せめて、結婚くらいはしてもらわないと――」

セシルの悪評をちらちらと混ぜ込みながら、青年は「困った」と言うたび、口角を上げる。

どこか不穏な空気をまとい、セシルと同じ黒髪の青年はひっそりとほくそ笑んだ。


……━……　……━……


「はぁぁぁぁ、こんなやわらかいお肉、生まれて初めて……」

肉、魚、野菜、果物、パン。

どれをとっても、食べたことのない美食ばかりで、ララは毎日ただ幸せを感受している。

オルレジア王国の宮殿に来てから――つまり、セシルの婚約者候補としての生活、五日目。

すでに自分がなんのためにここにいるのかを忘れてしまいそうなほど、ララは食事とお茶の時間を楽しみに暮らしていた。

ララは、もともとおっとりした性格だ。

急ぐのが得意ではないし、考えをまとめるのにも人より時間がかかる。

セシルの言葉でいえば、頭がお花畑。それも納得だ。

今、こうして毎日のどかに暮らしているのは、自分なりの答えがまだ見つからないゆえである。答え。

それは、婚約者候補として、どう振る舞えばいいのかという問題への回答だった。

キャクストン公爵が自分を養女に迎えたのは、婚約者候補にするため。

けれど、セシルは過去五十五名の婚約者候補との縁談を破談にしてきたという。

彼のほうから断ったのか。あるいは、相手の令嬢たちが断ったのか。

どちらにせよ、今わかっているのは彼が未だ独身であり、ララが現在の婚約者候補だという事実だけだ。

彼は、ララと結婚する気がないと言う。

結婚したくないと言っているセシルに対し、自分はどう接するべきなのだろう、とララは毎日考えていた。考えているけれど、これだという答えにまだたどり着けない。

結果、おいしいものを食べて幸せに暮らしている——のだが。

「ララさま、ほんとうにそれでよろしいんですか⁉」

ファルティは、主人の生活に疑問を覚えているようだ。

「もっと魅力を磨く努力ですとか、殿下とお話をされるですとか……」

ルアーナも同意見らしく、隣でうなずいている。

「でも、どんなに考えてもわからないときは、普通に生活したほうがいいと思うの。だって、わたしが断食したからって、殿下と親しくなれるわけではないんですもの」

ララにとってはまっとうな結論なのだが、ふたりはのんきな主人にやきもきしているらしい。

実際、ララがこの宮殿を出ていくと、ファルティとルアーナはお払い箱になってしまう。

誰も困らないのなら、ララはおそらく初日の時点でこの宮殿を去っていた。

セシルが結婚を望んでいない。

彼の意向を汲《く》むなら、ララはここに居座る必要がないのだから。

実際、キャクストン公爵夫妻も無理のないように、と言ってくれていた。

ララが考えるべきは、セシル、キャクストン公爵夫妻、そして侍女たちそれぞれの立場に不都合のない立ち回りである。

その答えが出ないから、ララはこうしてのどかに暮らしている。

「ところで、明日のドレスは何にしましょう？」

「明日、そうね、明日はご挨拶の日ですものね。お養母さまがたくさんドレスを選んでくださったの」

ついに明日は婚約者候補として、国王陛下夫妻に挨拶をする日だ。

「殿下から、お好みを聞いているの。わたしと違って、大人っぽい女性がお好きなんですって。つまり、少しセクシーなドレスを着るのがいいかもしれないわ」

「…………」

侍女たちは、顔を見合わせる。

「あら、どうしたの？」

「ララさまは、セクシーというよりは……」

「かわいい系と申しますか……」

言いにくそうにしているふたりに、ララはにっこり微笑んだ。

「なせばなる、よ！　協力してね、ふたりとも」

食事が終わり、デザートのプレートが運ばれてくる。

「うちのララさまは、とっても素直で愛らしくて肝が据わっているけれど、どうにも世間に疎いところがあるわよね」

「世間ずれしていないというか。天然というか……」

侍女たちの会話を耳に、ララはデザートの果実をナイフとフォークでいただく。

毎日たくさんの料理がテーブルに並ぶけれど、いつだって食卓に着くのはララひとりだ。

残った料理がどう処理されるかのほうが、ララとしてはよほど気がかりである。

捨てられているのだとしたら、どうにかして王都で食事に困っている人に分けてあげることはできないだろうか。

父だったら、どのようにして困窮している人に差し出すのだろうか。

いくらなんでも食べかけのものを人に分けることはできないから、手をつけたものは全部食べなくてはいけない。これは自分の義務であり、責任だ――とか。

ララには、ララなりに考えなければいけないことがいくつもあった。

それが、第二王子の婚約者候補として必要か、ではなく。

ララが、自分らしく生きるために必要なことだから。


昼食後、侍女たちに急《せ》かされて明日の準備にとりかかる。

ルアーナが衣装部屋の扉を開けて、息を吞《の》んだ。

「ララさま、大変です……っ」

「どうしたの、ルアーナ？」

「ドレスが、それに装飾品も……なくなっています！」

「えっ⁉」

婚約者候補として恥ずかしくないようにと、養母は十着以上も新品のドレスを用意してくれたはずだ。

それがなくなっているだなんて、どういうことだろう。

ララとファルティも、衣装部屋を覗《のぞ》き込《こ》む。

ドレスのすべてが消えているわけではなく、普段遣いの衣類は残されていた。

しかし、正装用は一着も残っていない。

「どうして、いったい誰が……？」

自分のために選んでくれた養母の気持ちを思うと、申し訳なくて泣きそうになってしまう。

――だけど、泣いても何も変わらないわ。

「盗まれたのでしょうか？　こんな、ひどい」

ファルティがララの肩を背後からそっと支えてくれる。

「だとしたら、宮殿の内部のものが犯人ですね」

ルアーナは何かを探るような目で辺りを見回していた。

「それよりも、明日はどうしたらいいかしら。普段着で陛下の前に出るのは心苦しいけれど……」

「それはダメです！」

「ダメに決まっています！」

侍女たちが、顔色を変える。

――あら、やっぱりダメなのね。

しかし、明日必要なドレスを、今から調達するとなれば、多くの人の手を煩わせることになるだろう。

――だったら、わたしにできることは……。

「うん、わかったわ」

「！」

侍女たちが、ぱっと顔を見合わせる。

「今あるドレスにレースを縫いつけるのはどうかしら。少しはマシになると思うの」

「ララさまあ……」

「大丈夫よ。こう見えて、わたし、針仕事は得意なほうだから」

「とんでもないです。ご令嬢が自分でドレスを繕うだなんて……」

「でも、ほかに方法はないんですもの。できることをやるほうがいいでしょう？」

「ですが、それでは……」

コンコンとドアがノックされる。

「はあい」

扉を開けたのは、今まで一度も部屋に来たことなどないセシルである。

「まあ、殿下。ご機嫌うるわしゅう――」

「明日の件で確認に来たのだが」

「はい。来てくださってありがとうございます。よろしければ、座ってお茶でもいかがですか？」

「茶は結構。ここしばらく、父との顔合わせまで滞在した候補者はいなかったものでね」

「あら、そうなんですの？」

室内に入ってきたセシルは、応接用の長椅子に腰を下ろし、ふう、と甘やかなため息をついた。

「知っているとは思うが、これまで俺は五十五人の令嬢と婚約話が持ち上がった」

「はい、そうおっしゃっていましたね」

「その誰も、俺と結婚していない。これが現実だ」

――殿下は、やはりどなたとも結婚したくないのかもしれないわ。それは、わたしとも結婚したくない、ということ。

「だから、わたしが次の婚約者候補になれたんですものね」

「半数以上の令嬢とは、ろくに口もきいていない。勝手に帰っていった」

「あら、どうしてでしょう」

「さあな。俺の知るところではない。ただ、その誰ひとりとしてきみほどおかしな言動はとらなかった」

それはおそらく、第二王子の婚約者候補として名の上がるほどの令嬢ならば、ララとは違ってきちんと淑女たるべき教育を受けてきたからだ。

付け焼き刃では、通用しないと言いたいのだろうか。

――殿下のおっしゃることはもっともね。

「でも、殿下は過去に宮殿にいらしたすばらしいご令嬢たちとはご結婚なさらなかったんですよね」

「……それは、そのとおりだ」

「わたしでなくとも、殿下が心から生涯をともにしたいと思える方と出会えるといいのですが……」

「ずいぶんな偽善者だな」

――まあ！　偽善者だなんて初めて言われたわ。わたし、そんなふうに見えるのね。

頭がお花畑にくらべれば、一気に知恵がついた人物に進化したようにも聞こえる。

無論、いい意味でないのはララだってわかっていた。

「そうやって理解あるふりをしていても、ここに居座っているのが、きみが俺の婚約者になりたいという証拠だろう」

「それについては、少々考え中です」

「考え中……？」

「あ、殿下は気になさらないでください。わたしの問題ですから」

「きみは、何を言っているんだ？」

「ふふ、問題が山積みなんです。それで、明日の件というのはどのようなことでしょう」

「問題？」

「はい。ドレスが盗まれてしまったので、このあと裁縫道具を借りて明日着られるようにお直しをしようかと」

ララの言葉に、セシルが眉根を寄せる。

「待て。平然と言っているが、それは大問題じゃないか？」

「うーん、そうですね。大きいか小さいかはわかりませんが、問題ではあります」

事情を知りたいと言うので、ララは彼にすっからかんの衣装部屋を見せた。

その上で、手持ちの普段着にレースを縫いつけたいと説明すると、セシルはしばし目を閉じて考え込む。

――殿下を困らせてしまったかしら。

彼は沈思黙考ののち、おもむろに口を開いた。

「婚約者候補にそんな無様なドレスを着られては俺のほうが気まずい」

あ、とララは気づいた。

そうだった。ララの行動は、セシルの評判につながる。

「小柄な女性のドレスには心当たりがある。ついてくるといい」

「まあ！　助かります。ありがとうございます、殿下」

五十五人もの婚約者候補と破談したとは思えないほど、セシルは親切で常識的な男性だ。

ララが、周囲の人間を自分のペースに引き込んでしまうせいだとも言えるけれど――

・・・・・━・・・・・・・・・・・━・・・・・

セシルが案内してくれた先は、旧宮殿の最上階、南側にある角部屋だった。

「邪推されるのは面倒なので、先に言う。ここにあるものはすべて、俺の母親の遺品だ」

――やっぱり、人から聞かなくてよかったわ。

彼が初めて、自分のことを話してくれるのを聞いたララは、ひそかに安堵《あんど》の息を吐く。

自分の知らない場所では、何をどう行動すべきなのか、いつだって正解がわからない。

それでも、セシルのことはほかの誰かから聞くより彼の言葉で聞きたかった。

「お母さまは、殿下が何歳のときにお亡くなりになられたのですか？」

「おかしなことを尋ねる。それがきみに、何か関係あるのか？」

「ただ知りたいだけです」

関係も理由もない。

知りたいと思った。それだけだ。

「俺を産んでそのまま命を落とした。一度たりとも、我が子を腕に抱くことはなかったそうだよ」

「そう……だったのですね」

出自がすべてだとは思わないが、セシルのまとう憂いの中には母を知らない孤独が影響しているのかもしれない。

部屋に入ると、正面に大きな肖像画が飾られている。

銀髪に青紫の目をした、美しい女性の絵だ。

――あの方が、セシル殿下のお母さまなのね。目元が似ていらっしゃるわ。物憂げで、繊細で、そして……

こちらを見ているのに、遠くを見ているような、そんなまなざしの女性だった。

「母は若くして亡くなった。十七歳だ」

「では、今のわたしよりお若いうちに、殿下をご出産なさったのですね。強い方です」

背筋を伸ばして、ララは肖像画の前に立つ。

「今のきみより、若い？」

「はい。わたし、十八歳ですもの」

「……信じられない」

右手でひたいを覆い、セシルはなぜか懊悩《おうのう》のため息を吐く。

たしかにララは、年齢よりも幼く見られがちだ。

「十五歳かそこらかと思っていた」

「そこまで若く見えますか？」

「幼く見えるね」

あえて言い直したセシルが、フロックコートの裾を翻して室内を歩いていく。

両開きの扉を開けると、そこは衣装部屋だ。

「この中から好きなものを選ぶといいよ」

色とりどりのドレスが並び、吊《つ》り棚《だな》の上には帽子に靴、羽扇が置かれている。

十七歳でこの世を去った、銀の髪の美しい王妃。

彼女はきっと、王の寵愛《ちょうあい》を受けていたのだろう。だからこそ、これほどまでに遺品のドレスが残っている。

そして、亡き母の遺品を丁寧に手入れするセシルがいるから、こうして美しいまま保管されているのか――

「わたし、やはりお借りすることはできません」

ララは、静かな声で告げた。

「なぜ？　きみはほかにドレスを持っているのか？」

「いいえ。ですが、殿下のお母さまのドレスには、贈った方の愛情がこもっています。それに、この部屋を管理してきた殿下のお気持ちも。わたしには、それを着る権利がありません」

物は物でしかない。

だが、その持ち主を想《おも》う誰かにとっては、決してただの物ではない特別な存在になる。

自分も幼いころに母親を亡くしているからこそ、セシルが遺品のドレスをどれだけ大切にしているか想像がつく。

「俺がいいと言っているのに？」

「はい。殿下のお母さまからドレスをお借りできるのは、今にも追い出されそうな婚約者候補ではなく、殿下のお妃さまになる方ですから」

嫌みではなく、心からそう思った。

彼が自分に興味を持っていないことも、見かねてドレスを貸してくれようとしていることも、ララはわかっている。

そして、すげない態度のわりにセシルが面倒見のいい人だということも。

――だから、ご迷惑をおかけするわけにはいかないわ。

「それなら、侍女たちにお願いして、王都の洋品店に連れていってもらいます。今からでも、完成しているドレスを売ってくれるお店を探してみます。お気遣い、ほんとうにありがとうございました！」

元気よく頭を下げると、その足でララは部屋を出ていこうとする。

――さて、どうしましょう。わたし、お金なんて持っていないんだわ。

唯一、価値がありそうなものといえば、亡き祖母から譲られたネックレスだ。

古いけれど大粒の真珠がついている。

店によっては、それなりの値段で買い取ってくれるだろう。

廊下につながる扉の前まで来ると、ララは振り向いて会釈をひとつ。

「では、殿下。わたしはこれで失礼しま――」

顔の右脇を、シュッと何かが走った。

次いで、ドンと大きな音が聞こえて、思わず肩をすくめる。

「殿下？」

目の前に、世界からララを覆い隠すようにセシルが立っていた。

「どういう策略なのかはわからないが、きみにそんなことをされては困る」

ため息をつかれるタイミングかと思ったが、彼は真剣な目をしてララを見つめている。

「何か、王家の慣習に反するのでしょうか……？　あ、決まったお店からしか買ってはいけないとか？」

「王家ではなく、俺が困る。婚約者候補に、ひとりでドレスを買いに行かせるなど男として情けない話だ」

わかるだろう？　と言わんばかりに、セシルが目を細めた。

ララよりずっと年上の彼を、今日は少しだけかわいく感じる。

これが『知る』ということだ。

「殿方の沽券《こけん》に関わるお話なのですね。ではどうしましょう。殿下、一緒にお買い物に行ってくださいますか？」

たとえ、短いつきあいになるとわかっていても、彼の矜持《きょうじ》を傷つけるのはよくない。

ララなりに考えての提案だったが。

「……いや、俺のやり方に従ってもらう」

セシルは言うが早いか、ララをくるりとうしろ向きにさせた。

――殿下のやり方。どんな方法なのかしら。

扉の木目を凝視して、ララはぼんやり考える。

きっと、王族には王族の手法というものがあるのだろう。

「……え？」

唐突に、背中がすう、と空気に触れた。

反射的に、首だけうしろに向けて現状を確認しようとする。

それを待っていたかのように、セシルはララの体から、するりとドレスを引き下ろした。

――背中のボタンがはずされて……えっ、リボンもほどかれて、これって……

足元にドレスが落ちる。セシルはそれを無造作にソファに置いた。

高価なものではないけれど、姉たちが贈ってくれた、唯一無二の大切なドレスなのに。

「殿下、何を」

「はい、こっち」

完全に振り返ったララを、彼は軽々と抱き上げた。

子どものように両脇に手を入れられて持ち上げられ、高さにおびえて彼の肩にしがみつく。

「お、下ろしてください」

「ああ、きみでもこうして男に脱がされるのは恥ずかしい？」

ララを抱いたまま、セシルは部屋の奥へと歩いていく。

長い脚は、すいすいと前に進み、すぐに衣装部屋へと逆戻りだ。

——わたし、恥じらってるんだわ。

下着姿で背の高いセシルにすがる姿は淑女らしからぬもので、ただ着替えを見られるのとは意味が違っている。

「わ、わたし……」

「恥ずかしいなら、衣装部屋からドレスを選んで着ればいい。どれを着てもかまわないよ」

彼の言いたいことはわかる。

脱がせてしまえば、何かドレスを選ぶだろうという判断だ。

セシルの母親のドレス。遺品のドレス。

そこを重要視して借りられないと拒んだララに、強制的にドレスを貸し出すための『やり方』だった。

——だからって、お姉さまたちのあつらえてくれたドレスをあんなふうに乱雑に扱うだなんてひどいわ。破れてしまったらどうするの？

そのときには、自分で繕えば問題はない。

なのに、今は姉たちをないがしろにされた気がして目頭が熱くなる。

普段から、あまり感情が上下しないララなのだが、今日はなぜか気持ちが昂《たか》ぶってしまう。

「……きみ」

「う、うっ……」

「俺に泣き落としは通用しないとわからないのか？」

「な、泣き落としなんかじゃありませんっ。わたしの、お姉さまたちを、あんなふうに……っ」

一度泣きはじめると、涙はあとからあとからあふれてくる。

そうか。

ララは、緩んだ涙腺で自分がこの二ヶ月間、ほんとうはつらかったのだと思い知った。

大好きな家族の住む街を離れ、慣れない王都の公爵邸でひたすら勉強をして。

自分にできることを精いっぱいがんばろうとやってきた宮殿では、五十六番目の婚約者候補だと告げられ、当のセシルからはすげなくあしらわれている。

右も左もわからないまま、セシルの婚約者候補としてこの宮殿で暮らしていかなければいけないと言われて、いかにのんきなララだって不安になるのは当然のことだ。

「きみの姉に何をしたっていうんだ」

「ふ、踏みにじっ……」

「人聞きの悪い。俺は、女性を踏みにじったりしないよ」

「ちがうぅ……」

床に下ろされ、大きな布で体を包まれた。

見れば、さっきまでセシルが着ていた夜を思わせる深みのある青紫のフロックコートだ。

「よしよし。何か、混乱したのかもしれないな」

コートの上から、セシルは子どもを慰めるようにララを抱きしめる。

どくん、と心臓が高鳴った。

抱き上げられるよりも、彼を身近に感じる。

「混乱したわけじゃありません。あの、あのドレスは、わたしの姉たちが贈ってくれたものなんです」

「そう、だったのか。それはすまない」

肩口に顎《あご》が乗り、息遣いが耳のそばで聞こえてきた。

「うう、ふ、不埒《ふらち》ですぅ……」

「不埒、か」

「こんな、こんな格好で男性に抱きしめられるだなんて……！」

彼の吐息に、心拍数が上がる自分が不埒なのだ。

「俺と結婚したいのなら、不埒な行為に前向きでもいいんじゃないか？」

──結婚、したい？

彼の言葉に首をひねる。

──たしかに、わたしが殿下と結婚できることになったら、喜ぶ人たちはいると思う。お父さまもお兄さまもお姉さまたちも、キャクストン公爵に夫人、それからファルティとルアーナ……

しゃくり上げるのが止まったのを察して、セシルが再度耳元に口を寄せた。

「そのためなら、既成事実を作るのは常套手段《じょうとうしゅだん》だろう」

「あの、殿下」

涙声のまま呼びかけると、彼がララの顔を覗き込んでくる。

──ああ、きれいな人。

間近に見ると、セシルの美貌には魔力があるのではないかと思えた。

そのぐらい、どうしようもなく人の心を惹《ひ》きつける。

「既成事実というのは、男女の関係になるということですよね」

「一般的にそうだね」

「でも、そうなったからといって殿下のお心をいただけるわけではありません」

ララの言葉を聞いて、彼が息を呑むのがわかった。

――わたしだって、そのくらい知っているわ。男女の機微は一筋縄ではいかない、と。

「過去に五十五人もの令嬢と破談になられたのは、既成事実を作ったからといって殿下と結婚できないという証明ではありませんか？」

「……驚いたな。きみは俺が思うより、頭に脳が詰まっているのかもしれない」

お花畑と言われて数日。

彼が、ララにも思考があると認めてくれた。

急に嬉しくなり、ララは破顔一笑し、大きくうなずく。

「はい、たぶん詰まっていると思います！」

元気よく答えると、セシルが今まで見たことのない親しげな笑みを向けてくれる。

――殿下の笑顔、いつもの憂い顔ではなく、優しい笑顔を初めて見たわ。なんて神々しいのかしら。

「では、五十六番目の婚約者候補どの、お名前を聞かせていただけますか？」

かしこまったお辞儀とともに、彼が名を尋ねてきた。

そういえば、まだララは彼に名乗っていないのだ。最初に会ったときに、名乗る必要はないと断られてしまったから。

「わたくし、ララ・ノークスと申します。どうぞよろしくお願いいたします、セシル殿下」

今泣いた烏《からす》がもう笑う。

一度泣いたおかげで、少し緊張もほぐれたのだろう。

ララは、まだここでがんばっていけると思った。

・・・・・・┃・・・・・・・・・・・・┃・・・・・・

——こんなに胃を締めつけていたら、何も食べられない……！

翌日の顔合わせの席で、ララは必死に笑顔を取り繕う。

借り物のドレスは、細身のララでもさらにウエストを締めなければいけない。

ドレスを見てやる気を出したファルティとルアーナは、コルセットを両側から引き絞った。

その結果、ララはずっとか細い声しか出せないし、お茶も口をつけるのが精いっぱいで、小鳥のようにほんのちょっぴりしか飲めない。

「それにしても、セシルの縁談が顔合わせまで進むとは嬉しいかぎりだ。キャクストン公爵、良縁に感謝する」

「滅相もないことでございます」

新宮殿の晩餐室《ばんさんしつ》で、国王の言葉にキャクストン公爵がかしこまった返事をする。

本日の参加者は、国王夫妻、王弟ザライル卿、第一王子クロードと、第二王子セシル、その婚約者候補であるララだ。

クロードの妻であるディアンナは、体調不良により欠席している。

コルセットを差し引いても、国王夫妻と食事をするだなんて、緊張で食べられなくて当然だろう。

「ララ、顔色が悪いけれど緊張しているのかな？」

人前だからなのか、優しい声音でセシルが尋ねてきた。

これが助け舟だということは伝わってくる。

彼は、衣装選びからずっとララを助けてくれていた。

「はい。申し訳ありません」

「構わないよ。きみらしくいてくれればいい」

ふたりの会話を耳にした国王と王妃は、微笑ましげにこちらを見ているではないか。

――殿下、わたしと婚約しそうに思われたらどうするのかしら。

事情はわからないが、彼が結婚を望んでいないことだけは知っている。

ふと、ララの脳裏に「ほんとうに？」という疑問が浮かんだ。

五十五人もの令嬢と破談になっているから、セシルは結婚したくないのだと、勝手に判断している。

だが、それが違っていたら？

結婚したくないのではなく、真実の愛をもって結婚したいのだという可能性は――

「ララ、そのドレスとってもお似合いよ」

「ありがとうございます」

声をかけてくれたのは、キャクストン公爵夫人だ。

少々押しが強いところはあるものの、華やかで流行のファッションに詳しい女性だ。

「どちらの仕立て屋に頼んだのかしら。わたくしも、作りたいわ」

「妻がうらやむほど、似合っているよ、ララ」

「ありがとうございます」

しかし、仕立て屋についてララはわからない。

なんと答えればいいか悩んでいると、

「彼女の着ているドレスは、私の亡き母が使っていたものなので。残念ですが、仕立て屋はわからないのです」

答えたのはセシルだ。

彼の魔性とも見まがう物憂げで麗しい笑みを前にしては、公爵夫人とてかたなしだ。

夫人はうっとりと見とれてから、ハッとしたように口元に手を当てた。

「まあ、そうなんですの？　殿下のお母さまの形見をお借りしているのね、ララ」

高揚した様子の公爵夫人に、ララは小さくうなずいた。

「これは珍しいこともあるのだね。セシルが母上のドレスを貸すだなんて」

朗らかな声をあげたのは、クロードだ。

口調や雰囲気こそ違えど、目を閉じていたら聞き間違いをしそうなほど声が似ている。

「今までの婚約者には、母上の部屋すら案内したことがないのでは？　もしや、セシルにとってララは特別な女性なのかい？」

「兄さん、私は今まで婚約したことはありませんよ」

あえて『婚約』の部分をゆっくり話すことで強調したセシルが、テーブルのグラスを手に取った。

「ああ、そうだったね。僕は同じ旧宮殿で過ごしているから、セシルの婚約者候補たちをたくさん見てきたんだ。父上との顔合わせまでたどり着くだけでも類を見ないことなのに、母上のドレスまで貸してあげるとは――」

「十四番目の婚約者候補までは、一応毎回顔合わせをしていました」

同質の声音による、陽と陰の雰囲気の違う会話を聞きながら、ララはかすかに首を傾げる。

兄弟はあまり仲が良くないのだろうか。

それとも、男同士の兄弟というのはこういうやり取りをするのだろうか。

ララにも兄がひとりいるが、クロードのようにチクチクと棘《とげ》を刺すような物言いをする人ではない。

――クロード殿下は、なんだかセシル殿下に突っかかっているみたい。

とはいえ、セシルのほうはそれほど気にする様子もないので、これが兄弟のいつもどおりの可能性もある。

「見苦しいところを見せてすまないね、ララ・ノークス」

急に国王から名前を呼ばれ、ララはぴんと背筋を伸ばす。

――う、コルセットが！

けれど、今だけは絞られすぎたウエストにも我慢を強いるしかない。

この国の王が、自分に話しかけてくれているのだから。

「皆さまの会話を、楽しく聞かせていただいています」

ララの控えめな返事に、王と王妃がゆっくりとうなずいた。

三番目の王妃は、優しげな女性だ。

幼いころに母を海難事故で亡くしたララには、母親の記憶というものがない。

口に出すのは憚《はばか》られるが、母とはこんな感じなのだろうか、と思う。王妃はそんな人だ。

「キャクストン公爵の遠縁といったか。ララはどこで育ったのだね」

ザライル卿の質問に、体の向きを変える。

王の弟である彼は、この国の政治に深く関わる人だとファルティが教えてくれた。

「はい。わたくしはノークランドの出身でございます」

「ほう。我が国の貿易を担う街か」

こん、と小さく音を立て、セシルがグラスを置く。

「きみはキャクストン公爵のご令嬢ではないのか？」

そういえば、セシルにはララが養女であると話していなかった。

そもそも、そういう個人的な会話をする関係を築いていなかったというのもある。

「先日、キャクストン公爵夫妻に養女として迎えていただきました。父は公爵さまの親戚で、ノークランドの領主です」

答えたララを見て、クロードが「おや？」と大きな声を出した。

「おかしいな。セシルは、妻となるかもしれない女性の素性も知らなかったのかい？」

――あ、それは……

セシルがララの動揺した表情を確認してから、艶冶《えんや》な笑みを浮かべる。

「そうなのです。彼女といると、話をする時間すら惜しむ有様なもので。そうだね、ララ？」

「はい、殿下のおっしゃるとおりです」

今日いちばんの元気な返事をしたララに、女性陣が「あらあら」と口元を手で押さえた。

――わたし、何かおかしな返事をしてしまったかしら？

彼の言葉は事実そのものではないけれど、話をする時間がふたりにはなかったという点ではあながち間違いでもない。

「仲睦まじいのはよいことですね」

「ありがとうございます。この先どうなるかはわかりませんが、私はララと過ごす時間を楽しんでいます」

王妃の言葉に応じるセシルは、優雅な王子さまそのものだ。

ただしこの王子、たまらなく物憂げで、そこはかとなく色香を漂わせている。

――こんなときでも、セシル殿下はお美しいのね。

一瞬、彼の美貌にうっとりしてしまいそうになるも、ララはコルセットの締めつけのおかげで我を忘れずにいられた。

だが、天上の微笑にやられたのはララだけではない。

見れば、ザライル卿も咳払《せきばら》いをして冷静さを取り戻そうとしているし、キャクストン公爵も軽くひたいに手をやっているし、公爵夫人にいたっては、目を潤ませてセシルを見つめている。

——あら？

その中で、クロードだけが苦々しげに片頬を歪《ゆが》ませていた。

ララは小さく深呼吸すると、自分の考えを——今の正直な気持ちを、この場で伝えようと思った。

「あの、わたくしも、セシル殿下のことをまだあまり存じません。誰かの語る殿下のお姿ではなく、わたしがこの目で見てこの耳で聞いて殿下を知りたいと思っているのです。だから、おそらく、殿下も同じお考えでいらっしゃるのかな、と」

誰かを知りたいと思ったら、その人と話すのがいちばんだ。

彼を知りたい。

たとえ、この縁談が破談になるのだとしても、誰かのためではなくララ自身のために、セシルを知りたいと思う。

「……きみはそんなふうに人と接するんだな」

「はい。おかしいでしょうか」

「いや、何もおかしくはないよ」

物憂げなセシルが、ほんの一瞬、真顔でうなずいた。

その後、歓談が続き、ララも緊張がほどけて皆の会話を楽しむ余裕が出てきたところで、顔合わせは終了となる。

最後に国王は、息子の名前を呼んだ。

「セシルよ」

「はい、父上」

「おまえが結婚に前向きでないことは知っている。だが、こうしてひとときでも同じ時間を過ごしたララのことを、ないがしろにしてはいけない。彼女を大切にするように」

「そうですね。私にできるかぎり、仰せのままに」

言葉では、父王に従っているように聞こえる。

けれど、会釈したセシルの声からも、表情からも、あまり喜ばしくない気持ちが伝わってきた。

結婚に前向きでない、という王の言葉以上に、セシルは結婚したくないのかもしれない。

――だったらなぜ、まるでわたしと親しくしているように振る舞ったの？

もしかしたら、とララは思う。

誰が相手でも結婚したくないのならば、こうして何人も婚約者候補が宮殿に入れ代わり立ち代わりやってくるのは不愉快なのだろうか。

――だから、とりあえずしばらくはわたしをおそばに置いてくださる、とか？

ララとしては、王族と結婚なんてそもそも自分には過ぎた話だと感じている。

今、ここでがんばろうとしているのは、ララが婚約者候補から脱落した場合、周囲の人間が困るというのが大きな理由である。

ただ、それだけのはずだった。なのに。

彼を知りたい、もっと仲良くなりたい。

そう思いはじめたララの心は、セシルの態度にチクリと細い針が刺さるような痛みを覚えた。

その痛みをなんと呼ぶか、ララはまだ知らない。

・・・・・┃・・・・・・・・・・┃・・・・・

「はあー、スープが沁《し》みるわ……！」

いつもなら、入浴を終えて寝台に横たわっていてもおかしくない時間だというのに、ララは旧宮殿の朝食堂でスプーンを握っていた。

夜だというのに、朝食堂。部屋に運んでもらうことも考えたけれど、食堂のほうが厨房《ちゅうぼう》から運ぶのに適している。

通常では食事をする時間ではないのだから、せめて給仕がしやすい場所で食べるほうが使用人たちに迷惑をかけまい。

「ララさま、公爵家のご令嬢がはしたないです！」

「まあまあ、ファルティ。ララさまだって、今日はがんばったんだから、たまにはいいじゃない？」

侍女たちが壁際で話している声を聞きながら、パンを手に取る。

コルセットがきつすぎたせいか、それとも単なる緊張のせいか。

顔合わせの食事会でほとんど何も食べられずにいたため、入浴を終えたとたん、お腹がきゅるるる、と鳴り出した。

こんなこともあろうかと厨房に頼んでおいてくれたルアーナの機転により、ララは幸せを享受している。

簡単なスープとパンと卵料理なのに、それが泣きたいくらいおいしく感じる。

もとより宮殿の食事は美味だ。

料理長の腕がいいのは当然だが、食材だって上質なものを用いているに違いない。

――何をどうしたって、食事がおいしいのは幸せ。

ララがテーブルの料理をほとんど食べ終えるころ、廊下から「困ります！」「ご容赦ください！」という女性の声が聞こえてきた。

「どうしたのかしら。何かあったなら……」

椅子から立ち上がろうとすると、壁際に立っていたファルティが近づいてきて、ぐっとララの両肩を抑え込む。

「ファルティ？」

「いけません、ララさま」

「だって、あんな切羽詰まった声で」

「だからこそ、です。もし危険が迫っているなら、ララさまが駆けつけるべきではありません。ここで、息をひそめておとなしくしていてください」

そうしている間にも「お願いですからお許しください」「殿下！」と――

――殿下？

首を傾げたララに、ルアーナがうなずく。

――まさか！　廊下でセシル殿下が侍女に無体なことをしているなんて、そんなことは……

突如、朝食堂の扉が開く。

「殿下、どうぞご容赦くださいませ」

「もう到着した。俺が運んできたからといって、あなたの仕事がなくなるわけではないのだから、そんな悲痛な声を出さないでくれ」

「で、殿下……？」

今にも泣き出しそうな顔の侍女を引き連れて、セシルはなぜかワゴンを押して室内に入ってくる。

「どうされたんですか、殿下」

「こんな時間にデザートを運んでいる侍女を見かけたものだからね。話を聞けば、我が婚約者候補どのが空腹で食堂にこもっているという」

セシルはにこやかに告げて、じっとララを見つめてくる。

反論しようかと口を開いてから、彼の言葉が何ひとつ間違っていないと気付き、ララは口を噤《つぐ》んだ。

――だいたい事実だわ。

とはいえ、さすがに夜遅くにひとりでもりもり食事をしていると知られるのは、気恥ずかしい気持ちもある。

「そこで、侍女の仕事を少しでも減らそうと運んできたというわけだ」

「そうだったのですね。でも、侍女はお困りのご様子ですよ？」

セシルはララの正面の席につくと、テーブルに片肘をついた。

彼もまた入浴を済ませたあとらしく、黒髪がかすかに湿っている。

新たに運ばれてきた銀盆がテーブルに並べられた。

新鮮な果物が美しく並べられているのを見て、ララは目を輝かせる。

「果物がこんなにたくさん！　殿下、運んできてくださってありがとうございます」

「きみは、よく食べるね」

「はい。よく食べ、よく寝て、よく働くのが、人間としての本分だと父から教わりました」

早速、葡萄《ぶどう》を手に取って口元にひと粒運ぶ。

ほどよい酸味と芳醇《ほうじゅん》な甘さの、完熟した葡萄だ。

「そんなことを言う淑女には、出会ったことがないな」

「まあ、そうなのですか？　では、もしかしたらこれは我が家の家訓のようなものかもしれません」

「…………」

彼は黙って、果実を食べるララを見ている。

気のせいだろうか。

以前より、セシルのまなざしが優しく思えた。

「お飲み物をお持ちしました」

先ほど、セシルにワゴンを奪われて廊下で必死の懇願をしていたと思《おぼ》しき侍女が、セシルとララにそれぞれ飲み物を注ぐ。

紫葡萄《ぶどう》の果汁を砂糖と煮詰めた、甘い飲料だ。

「わあ、なんておいしいのかしら！」

「気に入った？」

「はい、とっても」

デザートに舌鼓を打っている間、セシルがずっとこちらを見つめている。

――今日の殿下はいつもと違うわ。顔合わせのときも、なんだか妙にドキドキしてしまって……

見られていると、口を大きく開けるのがためらわれる。

彼の目に自分がどう映るのか、ララはそわそわしてしまう。

「セシル殿下は召し上がらないのですか？」

「俺の分も食べるといい」

「えっ⁉」

ぱあぁ、と表情が明るくなるのが自分でもわかった。

――セシル殿下、なんてお優しい方！

それと同時に、脳裏にひとつの知識が浮かんでくる。

「あ、あの、まさかとは思いますが……」

「どうかしたのか？」

「求婚、ではない、ですよね？」

ありえないと思いつつ、ララは赤面して彼に尋ねた。

「すまない。きみの思考回路がさっぱり理解できそうにないんだけれど、一応説明してもらえるかな」

「ある鳥は番《つがい》になるときに、雄が雌に餌をとってきて届けるそうです。それを雌が食べるとプロポーズ成功の意味になるのだとか」

そのため、求婚のときに男性が女性に食べ物を捧《ささ》げる国があるという。

「俺は鳥ではないし、きみに餌を与えているわけでもない」

「そっ、そうでした。では、この果実はわたしが責任持っておいしくいただきますね！」

むぐむぐと果実を口に詰め込んで、ララは目の前の皿に視線を固定する。

セシルがどんな顔をしているか、確認するのが怖い。

けれど彼は、

「そんなに喜ぶほどおいしい？」

優しい声で尋ねてきた。

「はい！　この宮殿に来てから、何を食べても最高においしいです！」

「ふうん、だったら俺も食べてみようかな」

「……え、あ、はい。ぜひ……」

銀盆を引き寄せる彼を見て、ララはかすかに肩を落とした。

別にすべてを独り占めしたいわけではないのだ。

ただ、食べていいと言われてぬか喜びしてしまった直後だから、なんとなく自分の分を取られたような気分にならなくもないというか――

「ははっ、あはは、いいね。その顔」

セシルが声をあげて笑うのを、初めて見た。いや、聞いた。

普段の憂い顔ではない。

さも楽しそうに、彼は体を折り曲げて笑っているではないか。

――明るい、笑い声。セシル殿下には、こんな一面もあるのね。

つられてニコニコしているララに、彼がまなじりを指で拭いながらうなずいて見せた。

「冗談だよ。全部食べてかまわないからね」

笑いながら、セシルがフルーツの乗ったトレイをこちらに押してよこした。

「えっ、いえ、殿下にも召し上がってほしいです」

「そうかな？　『取り上げられる！』って顔に書いてあったよ」

「う……」

一瞬、思わなかったとは言えない。

だからといって、本気で全部食べたいわけではなくて。

「どうぞ食べてください。一緒においしいものを食べるのは、仲良くなる第一段階ですから」

刹那《せつな》。

それまで笑っていたセシルの表情が、別人のように消えていく。

完全な無表情だった。

憂いもなく、笑みもない。

彼は静かに席を立つ。

「あの、殿下」

「全部食べればいい。俺は部屋に戻る。今日は疲れただろう。きみも早く休むといい」

口をつけないままのグラスをララのほうに差し出し、セシルは朝食堂をあとにする。

残されたララは、何が彼の逆鱗《げきりん》に触れたのか考えながら、セシルの分の飲み物を一気にあおった。

「あ、ら……？」

同じ葡萄の香りだというのに、彼のグラスは味が異なる。

鼻から抜ける香りも違った。

「ララさま、それ、殿下のお酒ではありませんか？」

「おさけ……？」

頭の中がふわふわする。

なんだかとても幸せで、それなのに人恋しくて、どうしようもなく楽しくなって。

「うふふ、ふふ、ふふふふふ、ふふ」

ララは両手で口元を覆い、ひとりで笑いだした。

――彼女は、いったいどういうつもりなんだ。

自室の寝台に仰向《あおむ》けになり、セシルは右腕で明かりを遮る。

ララの行動は、一から十まで理解不能だった。

色気漂う魔性の美貌。憂いのある美しい王子。

ずっと、そんなふうに言われてきたセシルの外見に、彼女はまったく興味がなさそうなのだ。

いや、それは悪いことではない。むしろセシルにとっては、望ましいはずで。

――彼女だけじゃない。俺自身、どういうつもりでララに接している？

おかしいくらいに大胆で、ときに年齢相応の恥じらいを見せる彼女から、目が離せない。

ほかの貴族令嬢たちとは、明らかに違う。

セシルの美貌にも肩書きにも興味を持たず、食事にばかり夢中なララ。

そんな彼女といるのが楽しくて、思わずからかったり、ちょっかいをかけたりしてしまうのだ。

だが、彼女に「仲良くなる第一段階」と言われたとき、頭から冷水をかけられたような気持ちになった。

――仲良くなったとして、その先はどうする。

純真なララのことだ。

みんな仲良く幸せに暮らしましょう、とでも言うのだろう。

そう、そこに恋愛感情はない。

そもそも、あの健やかお花畑脳で恋愛感情なんて持っているのか、セシルは疑問を覚える。

――仲良くなったところで、俺はきっと……

セシルは、幼いころからあまりに端整な顔立ちだったため、男女どちらからも秋波を送られて生きてきた。

父の臣下の妻から誘惑されそうになったことも、ろくに話したことのない貴族の女性たちから取り合いをされたことも、ひどい話になると大人の男から性的な欲求を向けられたこともある。

適正年齢でない時期に秋波を浴びてきたことが理由で、自分を性的な目で見られることに、セシルはひどく不快感を覚えてしまった。

美しすぎるというのは、ときに人を傷つける。

少なくとも、少年だったセシルの心はじゅうぶんに傷を負った。

それだけが原因かはわからないが、恋愛や結婚にまったく興味がない。

過去、五十五人の女性と縁談があったが、その誰にも心動かされることはなかった。

それどころか、多くはセシルに迫ってきた時点で追い返すことになったし、迫ってこなかった女性はなぜかセシルをなじったり何も言わなかったり、様々な態度で宮殿を去っていった。

いっそ、にじみ出る色気を利用し、遊び人という噂を流して結婚せずに生きていくことも考えていたほどだ。

――俺が知らない間に、すでに噂は出回っていたけれど。

外見に騙《だま》される人間は、嫌いだ。

王子として必要な才覚は、外見ではない。

だが、評価されるのはいつも見た目だけだった。美しいだけで国は救えない。

そして、セシルを出産して母は命を落とした。

母親の愛情を知らない。

基盤となる愛を知らぬままに女性たちから迫られることで、いっそう女性への——なんなら男性へも嫌悪が強まった。

せめて、セシルが王室に生まれていなかったら、もう少し環境は違ったのだろうか。

称賛されるほど、自分の美貌すらも嫌悪の対象となっていった。

特別であるということは、ある種、差別と似た部分がある。

周囲から一目置かれるほどに、セシルは孤独を極めていった。

親しい友人もいない。頼れる家族もいない。

父はよき王ではあるが、あくまで王であってセシルを無条件に愛してくれる存在ではなかった。

そして、異母兄弟のクロードもまた、互いに距離を置いた関係だ。

結局、誰に対しても特別な愛情を感じたことがないままに、二十七歳まで生きてきた。

——この先もずっと同じような日々が続くのだと思っていたけれど、そうではないのか？

ララとの出会いは、かすかな光明を感じさせる。

それは、彼女がセシルを男として見ていないせいかもしれない。

子どもの純真さで、仲良くなりましょう、と手を差し出してくる。

セシルは、彼女の手を取っていいのか迷っていた。

繰り返される縁談と破談。
いつからだろう。
王子としての義務を負担に感じるようになったのは。
いつからだろう。
どうせ生涯、誰も愛せないのだと自分に呪いをかけたのは。
「子どもじみたことをしているのは、俺のほう、か」
認めてしまえば楽になるのかもしれない。
彼女に惹かれている、と。
ララの強さは無知ゆえかと思いきや、それだけではない。
彼女には信念がある。
ほかの誰にもできなかったことを、しようとしているではないか。
人の噂ではなく、セシルを見て、セシル自身を知ろうとしてくれているのだ。
それに感動しなかったと言えば嘘《うそ》になる。
凍りついていた心が、ララの熱で溶かされていく。
――あの純粋な田舎のお嬢さんが、俺をこんなにも変えるとは。
見上げた天蓋布の白さが、今日はやけに眩《まぶ》しい。
いい加減、着替えをして寝なければいけない。
セシルには、明日も第二王子としての執務がたまっている。

寝台から起き上がったそのとき、コンコン、と扉をノックする音が聞こえてきた。
こんな時間に何ごとだ。
立ち上がり、扉までまっすぐに歩いていく。
侍女ならば、たいていセシルがドア前に来たのを察して、用件を告げるのだが――
怪訝に思いながら、扉を開ける。
すると、腕の中に白金髪がふわりと舞った。
「ララ?」
そう、セシルの胸に倒れ込んできたのは愛らしい五十六番目の婚約者候補だったのだ。

第二章　甘く蕩《とろ》ける不埒な夜に

「あら？　どうして殿下がわたしのお部屋に？」

自分の声が、いつもより遠く聞こえる。そんなことがあるだろうか。

けれど、実際ララの耳にはララの声がどこか遠くから聞こえてくるように感じられた。

ゆらりと揺れる燭台《しょくだい》の明かりに、セシルの艶《つや》めいた黒髪が浮かび上がっている。

――なんて美しい人かしら。殿下はきっと、どんな高級な砂糖菓子よりも甘く美味な魂をお持ちなのね。だからこんなにもお美しくいらっしゃる。

「ふふ、きっとこれは夢ね。夢の中でも、セシル殿下はとってもおいしそうなのだわ」

「おいしそう。俺が？」

「はい。だって、こんなにすべらかな頬で」

ララは指先で彼の頬をなぞる。

精悍な輪郭をたどっていくと、顎に到着した。

「それに、睫毛も長くていらっしゃるの」

「きみが俺の顔に興味があるとは知らなかった」

「まあ！　わたしだって、美しいものには興味があります。だけど、そうね。この宮殿には、おいしいものが多すぎるんですもの。つい、食べるほうに気持ちが……」

ふわぁぁ、とララはあくびをひとつ。

今日一日の疲労が入浴でほぐれ、その後の食事で脳まで癒やされたのだ。

さらに、そこにアルコールが入ってしまった。

そろそろ眠くなってもおかしくない時間である。

――殿下の胸に抱かれて眠る。ステキな夢ね。現実だったら、きっとこんなことできないもの。

彼の鎖骨の下に、ことんと頭をもたせた。

心臓の鼓動が聞こえてくる。

「ララ、さすがにこれは……」

「夢?」

「夢ですもの。わたしの夢なら、自由にさせてください」

「はい。だって、殿下がわたしのお部屋にいらっしゃるだなんて、夢に決まっているわ」

見上げた天蓋布が、かすかにたゆむ。

「夢であってほしいのかもしれないが、これは現実だ」

「ふふ、おかしな夢……」

両腕でセシルに抱きつくと、たしかに夢とは思えないほど彼の体温をしっかり感じられる。

ただ寝ぼけているのならば、ララだってきっと気づけた。

このぬくもりが、現実の温度だということに。

しかし、初めての葡萄酒はよく回っている。

「酔って男の部屋へ来たらどうなるか、体に教えてあげるよ」

寝台が、ぎし、と軋《きし》んだ。

「男の人のお部屋？」

「そうだ。きみは自分の部屋に俺がいると思っているようだが、ここはきみの部屋じゃない」

「だから、わたしに教えてくれるの？」

――体に教えてあげるだなんて、既成事実を作ろうとしているみたい。現実の殿下は、そんなこと言わないわ。だって、セシル殿下はわたしのことが……

「邪魔、なのに」

小さな声で、つぶやいた。

ララがいかに鈍感で、頭の中がお花畑で、色気より食い気に走りがちだといっても、自分がセシルにとって望まぬ婚約者候補であることくらいはわかっている。

「ララ？」

「殿下は、わたしなんていらない。結婚したくないいんですもの。でも、わたしはここでがんばらないと。ほかに、行く場所なんて……」

どこにもない。

大きな手が、ララの目元を覆った。

「夢だ」

耳元に、甘やかで優しい声が聞こえる。

普段から浮世離れした憂いの美貌を持つ彼の、心まで寄り添うような声音に鼓膜が震えた。

「これは夢だよ、ララ。夢の中では、きみは誰からも望まれている。不機嫌で無愛想な王子からも、求められている」

「セシル殿下は不機嫌でも無愛想でもないわ。きっと正直な方なのよ」

「きみを追い出そうとする人なのに？」

「誰だって、自分の平穏を乱す相手を歓迎したりしないわ。殿下は、歓迎するふりもなさらなかった。そこがね、正直で、もしかしたら少しだけ不器用な方なのかしらって思うの」

「……ララは、そんな男と一緒にいてつらくはない？」

「ぜんぜん。だって、ここにはおいしい食事があって、楽しい侍女たちがいて、それに――」

「それに？」

「それに、わたし、セシル殿下の笑う声が好きなの」

たった一度、彼が声をあげて笑った。

あの瞬間、宝物をもらったような気持ちになったのを忘れられない。

「セシル殿下がいつもああして笑っていられたらいいのにな。そうしたら、きっともっとみんなが殿下と仲良くなりたいって思うわ。物憂げで芸術品のように美しい殿下より、ほんとうの殿下を知れたらいいのに」

喉元に、何かが触れる。

――ん、くすぐったい……？

「きみは、俺が思うよりずっと強い」

「な、に……？　ん、ぁ、のど……に……」

「怖がらないでいい。きみを傷つけることはしないよ」

ドレスの上から、大きな手が乳房を持ち上げた。

ただそれだけで、全身がぞわりと甘い予感に打ち震える。

「喉に力が入った。まだ怖い？」

「っん……」

「キスしているだけだ。何もきみの喉に噛《か》みついたりはしない」

――キス？　わたしに、セシル殿下が？

夢だとしても、そんなことがあるだろうか。

だが、唇と唇を重ねるのではなく、喉にキスするというのがセシルらしい気もする。

愛がないから、唇にはキスしないのだ。

――だって、殿下はわたしのことなんて好きじゃない。

「体に触れられるより、喉にキスされるほうが不安？」

「わ、からない。でも、すごく……」

口を開けて、必死に息を吸う。

高地にいるときのように、酸素が薄い気がした。

「すごく、頭の中がぼうっとするの。唇で、わたしの肌に触れているの……？」

「快楽にも素直だとは。ララ・ノークスは見た目よりずっと魅力的な女性らしい」

「ふふ、ヘンなの。殿下はそんなこと言わないわ」

視界を奪われているから、夢の中だから。

そうでなければ、王子相手にこんな軽口は叩《たた》けない。

「なぜ？　現実の彼はそんな偏屈なのか？」

「そうじゃないの。わたしが、残念なことに殿下の好みの女性じゃないから、かしら」

五十六番目の婚約者候補として宮殿に暮らしていても、ララは自分がこの場所にそぐわない存在だとよく知っている。

おそらく、今までこの宮殿にやってきたどの婚約者候補よりも、自分は彼に望まれていない。

セシルの理想が、大人っぽくて、女性的で、落ち着いた人物ならば、ララからはかけ離れている。

「好み、ね」

ふ、と彼が息を吐く。

鎖骨に吐息が触れて、ララは小さく身を捩《ねじ》った。

「人の好みなんてものは、存外曖昧なものらしい」

「そうなの？」

「ああ、きみと出会ってセシル殿下の好みも変わるかもしれないよ」

「夢の中の殿下は、優しいのね」

「へえ。現実はそうでもないんだ？」

「ううん、現実の殿下はね――」

――夢の中より、もっともっと、ほんとうは優しい人の気がする……

すう、とララの意識がほんとうの眠りに吸い込まれていく。

彼女の目元から、長い指が浮いた。

「……オルレジア王国の王子の寝台で安眠する女性なんて、きっときみくらいだよ、ララ」

呆れと慈愛の混ざりあった瞳で、セシルが言う。

まったく、どうにも調子が出ない。

本気で追い出したいのなら、もっとやり方はあるはずだと知っている。

「俺は、どうしたいのだろうな」

彼の当惑は、夜の静寂に消えていった。


…………┃…………┃…………


チチチ、チチチ、と鳥の声が朝を告げる。

「んん、ん……」

ララはもぞりと寝返りを打ち、訪れた朝から顔を背けた。

いつもなら元気よく目覚めるのだが、どうにも今日は体が重い。

――どうしたのかしら。昨日の顔合わせで、疲れているのかもしれないわ。

枕にぎゅっと顔を押しつけ、朝陽から隠れる。

けれど、そうしていても時間の経過を止められるわけではない。

ララは諦めて、ゆっくりとまぶたを持ち上げた。

「え……？」

いつの間にか、カーテンは全開になっている。

窓の外の景色は――ララの見知ったものと違っていた。

「どういうこと？　ここは……」

自分の部屋ではないと気づくのと、下着姿で眠っていたことを知るのは、ほぼ同時だった。

「やっと起きたか。酔っ払いめ」

「でっ、殿下⁉」

ドアに背をもたせて、セシルがこちらを見つめている。

彼の手には、湯気の立つ紅茶のカップがあった。

「あの、おはようございます」

「おはよう、ララ」

――待って。何も思い出せないわ。ここはどこ？　わたしはララ。そしてあの人は、オルレジア王国第二王子のセシル殿下。

ならば、ここは彼の部屋なのだろうか。

普段使っているものより、さらにひと回り大きな寝台の上、ララは上掛けを胸元まで引き上げる。

そのとき、布が喉元をかすめた。

「んっ……」

くすぐったいような、焦《じ》れったいような、奇妙な感覚がよみがえる。

——わたし、昨晩……

喉に、キスをされた。

あれは夢のはずなのに、感触だけが強く肌に残っていた。

「もっ………」

ララは寝台から起き上がると、床に裸足《はだし》で立って深く頭を下げる。

「申し訳ありませんでしたっ！」

——わたしが寝台を占領していたってことは、殿下は別のところで寝ていたんだ！

長椅子か、あるいはほかの部屋か。

どちらにせよ、本来この部屋の主であるセシルが自分の寝床を使えなかったというのなら申し訳ない話である。

「何を謝っているのかな」

「殿下の寝台を占領してしまって……」

「ああ、それなら心配ない。きみは小柄だから、一緒に寝ても狭くはなかった」

「えっ⁉」

――それってつまり、わたしたち、同じ寝台で寝ていたの？

顔を上げたララは、頬もおでこも、耳までも赤くなっている。

瞬《まばた》きを繰り返していると、視線の先でセシルがお茶を飲みきった。

いつもと同じ、どこか物憂げな彼。

ララが寝ている間に何かがあったとは思えない。けれど、どうなのだろうか。

――殿下から見れば、わたしは色気のない女。欲情されるとも思えないわ。

「一応確認するのだが」

「は、はい」

「俺の寝室へ来たのは、キャクストン公爵か夫人に入れ知恵をされたわけではないだろうね」

「まさか！　そもそも、わたしがどうして殿下の寝室にいるのかわかりません」

「まあ、そうだろうとは思ったよ」

朝の光の中で相好を崩すセシルは、いつもと同じで、いつもと違っている。

昨日の顔合わせの席でも思ったが、彼の表情が以前よりもぐっとやわらかくなったように感じるのだ。

だが、美しい相貌は変わらぬまま。

その違和感が、いっそう彼を麗しく見せる。

「酔っていたことを疑うつもりはない。それに、きみが色仕掛けをしたところで成功するとは思えないからね」

「それは、残念です……」

色仕掛けでどうにかなる相手だとは、ララだって思っていない。

「残念って、成功していたらどうするつもりだ？」

「…………どうしましょう」

真剣に考えたけれど、すぐに答えられる質問ではなかった。

眉根を寄せたララを見て、彼が小さく笑い出す。

「まさか、本気で色仕掛けをする気だとは思っていなかったけれどね」

「違います。色仕掛けをしたとしたら、覚えていないのは残念だなって思っただけなんです！」

「残念？」

「はい。だって、もしやっていたとしたら人生初の色仕掛けになるはずだったので」

「きみは、なんというか、あまり普通じゃないな」

文節ごとに区切った話し方は、言葉を選んでくれている感じが伝わってくる。

そういうところが、やはり以前のセシルとは違うのだ。

初対面の彼は、よどみなく言葉を紡いでいた。

その言葉で相手がどう思うかを読み切って、あえて選んだ言葉。

――だけど今は、わたしと話すための言葉を選んでくれている。そんな気がする。

「普通じゃない、でしょうか」

「まず、下着姿を見られても気にしていない。その格好で目覚めるということは、俺が脱がせたと一目瞭然だろう?」

「あっ!」

着替えの途中で下着姿を目撃されても、ララは平気だった。

それよりも姉たちの贈ってくれたドレスを粗雑に扱われたことのほうが気がかりだったほどである。

そもそも全裸を見られたわけでもない。

まして、相手からすれば自分はただの子どもで。

――だけど、今は違う。

再度、顔の赤みを増したララに、彼が首を傾げた。

「ああ、なるほど。脱がされたとわかると、少しは恥じらうんだね」

「ううぅ、当たり前です……」

「まだまだきみのことはわからないな」

ふう、とセシルが悩ましげにため息をつく。

その仕草や表情からは、まるでララをもっとわかりたいと思ってくれている錯覚をしてしまう。

――殿下はわたしと仲良くなりたいわけではないわ。勘違いしてはダメ。

しかし、ため息をつくセシルはやるせないほど美しい。

ララは目を閉じ、右手をひたいに当てて冷静さを取り戻そうと試みた。

この宮殿で、自分がどう振る舞うべきか。

おいしい食事に舌鼓を打ってばかりではいけない。

――侍女たちのこと、キャクストン公爵のこと、それから……わたし自身のこと。

「ララ」

「ひゃっ」

急に目の前で声がして、その場で飛び上がりそうになる。

目を開けると、セシルが腰を曲げてこちらを覗き込んでいた。

「で、殿下、お顔が近いです！」

「俺は、きみと結婚する気は――」

両手で彼の肩を押し返そうとするけれど、ぐんと近づいた瞳に射貫かれて身動きひとつとれなくなる。

今にも、互いの唇が触れてしまいそうな距離だった。

彼の吐息がララの唇をかすめていく。

――これは、キス？　わたし、殿下とキスしちゃうの⁉

目の前がくらくらしてきて、ララはどうすることもできずに両目をぎゅっと瞑った。

そして、次の瞬間。

白いすべらかなひたいを、彼の指が弾《はじ》く。

「痛っ」

「っっ……⁉」

「きみと結婚する気は、今のところないよ」

「う……、し、知っています」

「だけど、この先も同じ気持ちかどうかはわからない」

信じられない言葉に、息を呑む。

誰とも結婚するつもりがないと思っていたセシルが、考えを変える？

「それとも、ララは公爵の屋敷へ逃げ帰るかな？」

「逃げません！」

「あはは、いいね。その意気だ。がんばれ、小さなお嬢さん」

出会ったときとは違う、明るい笑い声を残してセシルが部屋を出ていく。

それと入れ替わりに、ファルティとルアーナがやってきた。

「ララさま、昨晩はこちらにいらしたのですね」

「その、なんと申しますか、えっと……」

侍女たちは、顔を見合わせる。

ララがセシルと既成事実を作ったのか、気になるのだろう。

だが、当のララはそれどころではなかった。

——殿下のお心変わりは、どういうこと⁉

そして今日も、宮殿の一日が始まる。

・・・・・┃・・・・・・・・・┃・・・・・・

混乱をよそに、今日も宮殿の食事は感動的なまでに美味だ。

「んー、このお肉、とってもやわらかい……！」

右手を頬に当て、ララは肉汁あふれる羊肉《ひつじにく》を堪能する。

宮殿での生活にも慣れてきたが、この素晴らしい食事には毎日感動してしまう。

一昨日、セシルが手配してくれた王都の仕立て屋がやってきて、ララの全身を採寸していった。

ノークランドにいたころは、姉たちのお下がりのドレスをもらってサイズを直すことが多かったので、自分のためだけに新調してもらうのは素直に嬉しい。

完成が今から楽しみだ。

昨日は、王妃とも顔なじみの宝石商がやってきて、ララの瞳の色に合った装飾品を選んでくれた。

これも、セシルが招いてくれたらしい。

――破談になって宮殿を出ていくときには、次の婚約者候補がドレスや装飾品を使うのかしら。

そう思うと、少し胸が痛む。

脳裏に浮かぶのは、セシルが見知らぬ婚約者候補と手を取り合う姿だった。

彼女は、ララのためのドレスを着て、ララのための装飾品を身に着けて、かたわらにはファルティとルアーナが――

「ちがう」

小さくひとりごちて、ララは首を横に振った。

侍女たちは、ララが宮殿を去るときに仕事を失う。

次の候補者の側仕えにはならないと聞いている。

——できることなら、わたしが去ったあともファルティとルアーナにはここで仕事を続けられるように殿下にお願いしたいけれど……

考えごとをしていたら、料理が冷めてしまった。

食事中に懊悩するのはよろしくない。

ララは羊肉を切り分けて、口に運ぶ。

おいしさに変わりはないのに、心が少し鈍っている。

それを冷めた肉のせいにして、もぐもぐと咀嚼《そしゃく》し、呑み込む。

食べ終えるより前に、食堂の扉が開いた。

「ララ、ここにいたのか」

「セシル殿下、どうされたのですか？」

やってきたのは、今日の執務を終えたセシルである。

フロックコートの裾を翻して、彼は長い脚でララのもとへ歩いてきた。

「仕立て屋から、週明けにはドレスが届くと報告を受けた」

「まあ、それを伝えに来てくださったんですね。ありがとうございます。とても楽しみです」

彼の変化は、ララだけではなく誰の目にも明らかだ。

この数日、宮殿の侍女たちの間ではセシルの話題でもちきりだとルアーナが教えてくれた。

いわく、

『セシル殿下はついに結婚相手を決めたのではないか』

というものらしい。

その噂を聞いて、ララは自分に課してきたことを忘れそうになった。

誰かの語る伝聞よりも、直接見て聞いたことを信じる。

ずっとそう決めて生きてきたのに、一瞬だけ、心が躍《おど》りそうになってしまった。

――いけないわ。殿下は、田舎育ちのわたしが物珍しくてかまってくださっている可能性もあるのに。そうよ、珍獣を見る目なのかもしれない。

「ドレスが届いたら、俺のパートナーとして舞踏会へ行かないか？」

「舞踏会、ですか」

ララの生まれ育った港町でもそういう催しはあったのかもしれないが、当然参加したことはない。

そもそも、ダンスなんてしたことがないのだ。

――ダンスのひとつも踊れずに、殿下の婚約者候補だなんておかしな話ね。

「わたし、ダンスができません」

「ああ。だったら、俺が教えるよ」

「そんな、恐れ多いです」

「ララ、舞踏会は踊るだけの場所ではないんだ」

「え……？」

「休憩室には、焼き菓子やケーキ、新鮮な果実も置かれている」

「！　殿下、ダンスの練習をよろしくお願いします」

思わず椅子から立ち上がると、ララは力強く懇願する。

それを見たセシルが、やわらかく微笑んだ。

「いいよ。きみを連れていくのは楽しそうだ」

――やっぱり、珍獣か愛玩動物の扱いなのかしら。

どうしてララと親しく接してくれるのか、直接セシルに聞きたい気持ちはあった。

だが、以前に仲良くなりたいと言ったとき、彼が急に冷たい態度をとったことを、ララはまだ覚えている。

彼の笑顔を知った今、突然表情が翳《かげ》るのを見たら、ララだってきっと寂しくなるだろう。

それが怖かった。


ララにとって、人生初めての舞踏会は、王都でも名高い名家であるハイダリヤ公爵の屋敷で行われるという。

ハイダリヤ公爵は王家との縁も深く、次女のリリアンナ・ティフォーネはセシルの元婚約者候補だった女性だと、ファルティから教えられた。

なるべくセシルの過去の婚約者候補のことを知らずにいようと思っていたララだが、社交の場に出るとなっては知らないほうが恥をかくと説得され、貴族の関係性とそれにまつわる情報は頭に叩き込むことにしたのである。

「リリアンナさまは、気高く美しく、たいそう聡明《そうめい》な女性だと評判です」

「きっと、とても努力家でいらっしゃるのね」

「ですが、宮殿に滞在したのは四日でした」

「まあ……」

そんなにすぐ、破談を決めるというのならば、よほどの理由があったのかもしれない。

「現在は王立騎士団の騎士団長とご婚約中で、年明けにご結婚の予定でいらっしゃいます。ララさまに嫉妬して、何か仕掛けてくる可能性も否定できません」

ファルティの言葉に、ララは首を傾げる。

「この王都で育ったご令嬢が、なぜわたしに嫉妬をなさるの？」

「それはもちろん、ララさまがセシル殿下のご寵愛を受けていらっしゃると噂されているからです」

まだ理解が及ばない。

リリアンナが、セシルとの破談に気落ちしている元婚約者候補だというのならわからなくもないのだが、彼女は現在婚約中だとファルティは言った。

結婚という幸福を目前に、嫉妬なんてするだろうか。

「ねえ、ファルティ」

「なんでしょうか」

「もし、誰かがわたしを妬《ねた》んでいじわるをしたとしても、その方に迷惑がかかることはないわよね？」

「迷惑というのはどういうことです？」

「たとえば、罰せられるだとか」

リリアンナという女性のことはわからない。

なんなら、ほかの貴族令嬢たちのことだって、ララにはわからないことだらけだ。

――けれど、社交界というのは華やかな反面、少しの失敗でも大げさに騒ぎ立てられると聞くわ。

自分は、破談になったらノークランドへ帰る道もある。

だが、この王都で生まれ育った者ならば、不名誉な噂は苦しかろう。

「そうなってはかわいそうだもの。なるべく、誰にもいじわるされずに過ごしたいわ」

「ララさまって、たまに聖女みたいなことをおっしゃるんですよねぇ」

口を挟んできたのはルアーナだ。

「そういうの、自業自得って言うんですよ。因果応報？」

彼女の言いたいこともわからなくはない。

大人になったら、悪事が露見したのちに「ごめんなさい」で済まないのが人の世だ。

そこに王族がかかわってくればなおのこと、謝罪ひとつでは事態がおさまらなくなってしまう。

――うーん、おかしな噂が立っているせいで、くすぶっている感情を刺激することにならなければいいけれど。

ララは世間知らずだ。

だが、それはこれまでの経験が少ないだけであって、新しい事態に出会ったときにはどうすべきか考える程度の頭はある。

「でも、やっぱりできることなら誰も罰されることなく平和なほうがいいの」

ララにとっても、ララに不快感を持つ相手にとっても。

――それより、まずはダンスができるようにならなくては！

生まれて初めての舞踏会に挑むララには、学ぶべきことがたくさんありそうだった。


……―……・……―……


――これで、いい。

事務官の報告を聞きながら廊下を歩くセシルは、かすかな憂鬱を胸に抱えている。

目下の問題は、ララのことだ。

最初は見向きもしなかった五十六番目の婚約者候補は、知れば知るほどに人として好感を覚える。

あるいは、今までに宮殿に滞在していた候補者たちも向き合って話してみれば魅力的な人間性を秘めていたのかもしれない。

それに目を向けてこなかったのは、自分だ。

そして、これまでの候補者とすべて破談になっていたからこそ、ララと出会えたともいえる。

――彼女に対する俺の態度が、巷《ちまた》では噂になっていると聞く。放置すれば、ララへの嫌がらせじみたことがあってもおかしくない。

そうならないために、布石を打つ。

人の多く集まる場所で、自分がララを大切にしている姿を見れば、彼女がおかしな手練手管で第二王子を陥落させたなんて誰も言わなくなるだろう。

何より、ララ本人と会って話をすれば、彼女が誠実な人物だと伝わるはずだ。

「セシル殿下、水路の修復に関しては以上となりますが、何か問題は」

「いや、ない。よく問題を整理してくれた。感謝する」

「もったいないお言葉でございます」

事務官と別れて、セシルは執務室に戻った。

しんと静まり返った室内に、あたたかな陽光が射《さ》し込んでいる。

かつての婚約者候補たちのことを気にするなんて、セシルには今までなかった。

もっとも短い者は、二日で宮殿を去っていった。

長い者でも、多くは父との顔合わせがせいぜいで、ララはすでに最長記録を更新中だ。

彼女を愛《いと》しいと思う。

その感情が恋か、愛か。はたまた、ただの庇護《ひご》欲なのか。

——ただ、笑っていてほしい。おいしいものを食べて幸せそうな彼女を見るのは、こちらも嬉しい気持ちになる。

貴族のつきあいに慣れていないララを社交の場に連れ出すからには、しっかりと手を引いてやらなければいけない。

こんなふうに思ったのは、きっと初めてのことで。

セシル自身、自分が変わってきていると感じていた。

ララが特別なのか。それとも、ララに対して感じるこの気持ちが特別なのか。

――まあ、あんな令嬢はほかにいないだろうな。俺よりも、食事が好きな令嬢なんて。

思い出し笑いに肩を震わせ、セシルは目を細めた。

・・・・・━・・・・・・・・・━・・・・・

「とても美しいです、ララさま」

侍女の声に、ララは鏡の中の自分と目を合わせる。

そこに立つのは、白金髪を優雅に結い上げた自分だ。

化粧や装飾品、ドレスが変わったところで、顔立ちが変わるわけでもないというのに、まるで見たことのない淑女のように見える。

――魔法みたい。

「新しいドレスもよくお似合いですね。きっと殿下もお喜びになられます」

「ほんとう？　似合ってると思うのはわたしのうぬぼれではない？」

「ええ、もちろんです」

スモーキーがかったローズピンクのドレスは、ララのやわらかい瞳の色によく合っている。

胸元には細やかな刺繍《ししゅう》がなされ、スカート部分はバラの花びらのようなフリルが層となり、上品で大人っぽい印象を与えた。

――もしかしたら、殿下の目にも少しは大人っぽく映るのではないかしら？

朝から入念に肌の手入れをしてもらい、昼食も少なめにして準備に時間を費やした甲斐《かい》があるというもの。

ララは何度も鏡を覗き込んでは、くるりと回ってドレスの裾の膨らみを楽しんだり、会釈と笑顔の練習に精を出したり、余念がない。

付け焼き刃のダンスも、それなりに体裁は整った――たぶん。

「そろそろお時間です。馬車の準備もできているころですので、参りましょう」

「ええ」

羽扇を持つと、ララは階下で待つセシルのもとへ向かった。

大階段を下りていく途中で、赤い絨毯の上に立つ彼の姿が見えた。

「……っ……！」

思わず息を呑むほどの艶《あで》やかな黒髪と、夜の正装である闇色《やみいろ》のフロックコートが見るものの目を奪う。

「お待たせしました、殿下」

つま先の細い靴で最後の一段を下りたララに、セシルが振り返る。

黒に染まる彼の襟元で、青く見えるほど白いクラヴァットが鮮やかだ。

「これはこれは、見違えるものだね」

「そう、ですか？」

「ああ。少なくとも、一度も人前でダンスをしたことのない小さなお嬢さんには見えないだろう」

ふ、と彼が口角を上げる。

やわらかで、甘やか。

それでいて、どこかに憂いを秘めた月光のような微笑だった。

――今夜の殿下は、月光のよう。

彼とふたり、王族専用の馬車に乗って。

明かり採りの丸い飾り窓から、気の早い夕暮れの月を見上げる。

――どうしましょう。なんだか、ひどく心臓が高鳴っているわ。わたし、どうしてしまったのかしら。

「ララ」

「は、はいっ」

素っ頓狂な声をあげたララに、彼が笑いかけてくる。

「そんなに緊張しなくとも大丈夫だよ。なにせきみは、俺の婚約者候補なんだ。堂々としていればいい」

「あの、殿下は今までの候補者の方ともこうして舞踏会へお出かけになったことがおありですか？」

ララの質問に、セシルが数秒考え込む。

「一度もない」

「そうなのですね……」

――では、どうしてわたしだけ？

自分が彼の特別なのかもしれないと、期待する気持ちが膨らんでしまう。

田舎娘が物珍しいだけだと、頭ではわかっている。

けれど、今夜のララには魔法がかかっているのだ。

美しい王子の隣に並ぶことを許された、一夜の魔法。

――わたし、この方の婚約者候補なのだわ。

おいしい食事より、ふかふかの寝台より、彼のそばにいられるかもしれない未来を、夢見てしまった。

それが恋の入り口だということに、ラフはまだ気づいていない。

・・・・・┃・・・・・・・・┃・・・・・

水路の張り巡らされた王都を、馬車で移動すると遠回りになる。

前もってそう聞いていたけれど、予想以上に馬車に乗っていた時間は長かった。

ノークランドから王都までの二日にわたる馬車旅よりは格段楽だったが、それでも少々お尻が痛い。

慣れない靴もあいまって、会場であるハイダリヤ公爵邸に着いたときにはララはひどく緊張していた。

しかし――

「わあ……！」

高い天井の大広間に、楽隊の奏でる音楽が響き渡る。

中央では着飾った男女がダンスを踊り、壁際にはグラスを手にした人々が談笑し、使用人たちがトレイを手にしてきびきびと会場内を歩き回る姿を見て、思わず嘆息がもれた。

想像していたよりも、ずっと賑《にぎ》やかで華やかな光景が広がっている。

目を丸くしたララの隣で、セシルが白い手袋を着けた手で口元を軽く覆った。

もしかして、笑われているのかもしれない。

けれど、そんなことすら気にならない。

夕闇の差し迫る時間だというのに、ここだけはまるで光の坩堝《るつぼ》だ。

「まあ、これはこれはセシル殿下。ようこそいらっしゃいました。本日はどうぞ楽しんでいってくださいませ」

大きな宝石のついた耳飾りの女性が近づいてきて、セシルに笑みを向ける。

「ハイダリヤ公爵夫人、ご招待をありがとうございます」

「あら？　もしかして、そちらは今の婚約者候補かしら？」

ふたりの会話から、ララもこの女性が本日の主催者であるハイダリヤ公爵の夫人だとわかった。

今の、婚約者候補という言葉に、セシルはぴくりと片眉を動かした。

ララはそれに気づかず、勢いよく頭を下げそうになるのをかろうじてこらえる。

ここはノークランドの商店街ではない。

貴族たちの集う、優雅な舞踏会なのだ。

「お初にお目にかかります、ハイダリヤ公爵夫人さま。五十六番目の婚約者候補、ララ・ノークスです。本日はステキな舞踏会にご招待いただき、ありがとうございます！」

心からの言葉だった。

令嬢らしく微笑むつもりが、つい本音とともに満面の笑みになってしまう。

「かわいらしい方ね。どうぞ楽しんでいってくださいませ」

「はい、ぜひ！」

もとより注目を集めるセシルの隣で、そんなやり取りをしたものだから、周囲の客たちがざわめきはじめた。

「あんな子、いたかしら」

「キャクストン公爵の養女だそうだ」

「遠縁から連れてきたんですって」

「かわいそうに。どうせ、すぐに捨てられるのにな」

――わあ、皆さんいろんな噂をご存じなんだわ。さすがは社交界ね。

彼らの言葉は、ララも重々承知していることばかりなので、この程度でいちいち傷ついたりはしない。

それどころか、すでに十日以上も宮殿に滞在し、毎日幸福な食事を堪能している身だ。

もうじゅうぶん、自分は幸せをもらっている。

夢のような日々が、ほんとうの夢となるとき――それは、夢が覚める瞬間なのだろう。

「ねえ、お母さま。わたくしにもご挨拶をさせてくださいませ」

輝くばかりの金の巻き毛に、鮮やかな青いドレスを着た女性が現れる。

「リリアンナ」

――この方がリリアンナさま！

十四番目の婚約者候補だった女性の登場に、ララは目を瞬いた。

ドレスと同じサファイヤのような青い瞳。それを縁取る、長い睫毛。

海の向こうで作られる精巧な人形を思わせる顔立ちだ。

「ご無沙汰しております、セシル殿下」

「健勝のようで何よりです。婚約、おめでとう」

セシルとリリアンナが挨拶をかわす姿は、ロマンス小説の一ページを思わせる。

これほどまでに美しい女性にさえ、セシルは心を動かされることはなかったのだ。

もとより彼が人間の外見に惑う性格でないことはわかっていたが、あらためて実感する。

「殿下も、今夜はかわいらしい方をお連れですのね。お噂に聞くキャクストン公爵のご令嬢でしょうか？」

青い目を向けられ、ララはハッとして我に返る。

いけない。今は、余計なことを考えている場面ではない。

「ララ・ノークスと申します。お初にお目にかかります」

習ったとおりの角度でドレスの裾をつまみ、貴族令嬢らしく会釈をする。

リリアンナのような生まれながらの高貴な者から見れば、付け焼き刃はすぐに見抜かれて当然だ。

見抜かれないよう振る舞うほど、ララには経験値がない。

ならば、「あなたたちのマナーを尊重し、努力させていただきます」という姿勢だけで突破するよりほかないのである。

無作法なのは田舎者なのだから諦める。

礼儀知らずより、少しマシ程度にはなれると信じて。

「わたくしはリリアンナです。ねえ、ララさま、皆、あなたに会いたくて待っていたんです。よろしければ、あちらでお話しませんか？」

「え、わたしと会いたくて……？」

侍女たちが心配するほどではないけれど、ララだって身構える部分はあった。

かつての婚約者候補と、現在の婚約者候補。

思うところはあって仕方ない、と覚悟してきた。

――わたしの杞憂《きゆう》だったのかもしれない。リリアンナさまは、とってもお優しい方なのね。

「ええ。うちの料理長に作らせた、特製の木の実パイもありましてよ。ララさまは、甘いお菓子がお好きと聞いて作らせましたの」

「わあ、嬉しいです。喜んで伺わせてもらいます！」

リリアンナの手をぎゅっと握ると、相手は少し驚いたようだった。

「殿下の許可はよろしいのかしら？」

彼女の言葉に、自分はひとりで来たわけではないと思い出す。

おそるおそるセシルを振り返ると、彼は物憂げに佇《たたず》んでいた。

「あの、殿下、行ってきてもいいでしょうか？」

懇願のポーズで見上げる。

どうしても、どうしてもどうしても、特製の木の実のパイが食べたい。

——でも、殿下がほかの方に紹介してくださるおつもりなら、わたしはパイを諦めるわ……

そんな気持ちが、顔に表れていたのかもしれない。

セシルは白い手袋の手を伸ばし、ララの頭にぽんと置いた。

「ああ。好きにするといい。きみが楽しそうなのが何よりだからね」

「ありがとうございます！」

元気いっぱいに答えてから、ララは慌てておしとやかに礼をする。

「それではララさま、どうぞこちらへ」

「はい」

リリアンナとともに歩きだすと、背後でざわ、と声がした。

「まさか、今のご覧になりました？」

「ええ、なんてことでしょう」

——何かあったのかしら？

気にするララの耳に聞こえてきたのは、

「セシル殿下があんなふうに笑うだなんて」

「初めて拝見しましたわ！」

「よほど婚約者どのを溺愛していらっしゃるのね」

「気が早いわ。まだ、婚約者候補でいらしてよ」

彼らの興味は、セシルに向けられているようだ。

——うふふ、殿下の笑顔を見たら、きっとみんな、もっと殿下を好きになる。わたしだけが知っているのではもったいないもの。

足取りも軽く、大広間を抜けて邸宅の廊下を歩きながら、ララはセシルの笑顔を思い出していた。


到着したのは、赤と金で統一された豪勢な一室だ。

天鵞絨《ビロード》のカーテンが窓を覆い、きらびやかな令嬢たちが立ってララを出迎えてくれた。

六人もの同世代の女性たちを前に、ララの頭は大混乱である。

——えーと、金髪のゴージャスな方がリリアンナさまで、あちらのブルネットの方がシュリアさま、赤いドレスがレティシアさま？　あら、レリディアさまだったかしら……

「それにしても、ハイダリヤ公爵邸のサロンはセンスがよろしゅうございますわね」

「あら、ミーラン侯爵のお屋敷だって、美しいお庭がおありじゃありませんの」

なるほど、ここはサロンなのだ。

カチンコチンに緊張しつつも、ララは令嬢たちの会話に耳を傾ける。

彼女たちの言葉は、どれもこれも耳慣れないものばかり。

田舎育ちのララとは、育ってきた文化が異なるのだ。

「ララさまは、キャクストン公爵の遠縁だと伺いましたわ」

「はい、そうです」

急に自分の名前を呼ばれてびくりとしつつも、ララはいつもどおりの朗らかな笑顔で応える。

美しい令嬢たちに囲まれて堂々とするためには、セシルの婚約者候補という肩書きだけでは足りない。

今日この日のために、真新しいドレスにどの装飾品を合わせるか、一緒に頭を悩ませ、流行の髪型を研究し、化粧をしてくれた侍女たちの力もあってのことだった。

「遠縁って、どのくらい遠いんですの？」

「東の田舎町から出てきたと聞いていますわ。ほら、なんでしたっけ。ノークランド？」

「港町ではなくって？　あそこには、漁師ばかりがお住まいと思っていましたけれど……」

ちくり、ちくり。

小さな針を仕込んだ会話に、ララの胸がかすかに痛む。

だが、これはいい機会かもしれない。

ノークランドには、漁業のほかに重要な貿易業がある。

そのことを、王都の人たちに認識してもらえる。

「皆さま、お詳しくていらっしゃるんですね。おっしゃるとおり、漁業の盛んな街です。それから、貿易も！　ご存じですか？　オルレジア王国に輸入される商品の七割が、ノークランドの港を経由しているんです」

すべて事実だ。

活気にあふれたノークランドには、さまざまなものが入ってくる。

よいものも、悪いものも。

それを選別するのも、港町の役割だ。

「あら、そうなの」

「わたくしたち、商売だなんて下品なことにはからきし興味がなくって」

意味ありげに目配せする令嬢たちに、フラは身を乗り出す。

「それはもったいないです！　だって、皆さまはきっと将来、この国を動かす重要な殿方とご結婚されるのでしょう？」

「え、ええ、まあ」

「そういうことに、なるわね……」

ララの育ったノークランドの女性たちは、男性に仕事をすべて任せたりしない。

計算や金勘定は、女性のほうが優れているとさえ言われるほどだ。

稼いだ金を一晩で呑み尽くす男たちを支えるのは、しっかり者の妻なのだから。

——女性が商売を知らなくていい理由なんてないわ。

「そうなったとき、きっと知識が皆さまをさらに輝かせると思います。今だって魅力的なんですもの。相場や経済、商売のことを知る女主人のいる屋敷なら、いっそうの繁栄が見込めるはずですわ」

目を輝かせるララを、令嬢たちが怪訝そうに見ている。

貴族令嬢たるもの、いずれは名のある貴族と結婚し、その屋敷の女主人として手腕をふるうことが求められる。

ララが知らない外国の言葉や、難しい書物、芸術に音楽に、多くのことを彼女たちは学んできているにちがいない。

「言われてみれば、それはそう、かしら」

「父も似たようなことを申しておりましたわ」

「でも、商売だなんて……」

かすかに彼女たちの心が揺らぐのを感じた。

ノークランドだけではなく、この国の至るところで王国民がどうやって生きているか。

知ってもらえるのなら、ララはすばらしいことだと思う。

けれど、変わりかけた空気にリリアンナが「あら」と小さく疑問を投げかける。

「おかしなお話をなさるのですね」

「リリアンナさま」

金色の巻き毛の気高いリリアンナは、羽扇で口元を覆って首を傾げた。

「女主人がすべきは、人の管理ですわ。お金や土地のことは、旦那さまにお任せするものよ。それよりもわたしたちにしかできないことをしていくのですから」

「そうよ、リリアンナさまのおっしゃるとおりだわ！」

「ほんとうですわ。さすがリリアンナさま」

風向きが変わると、風見鶏《かざみどり》が一斉にララに尾を向ける。

考えかたは人それぞれ。強制するつもりは、もとよりない。

ただ、せっかくノークランドのことを知っていてくれるのなら、ほんとうの姿に興味を持ってほしいと願ってしまった。

「ララさま」

「はい」

リリアンナに正面から見据えられ、背筋が伸びる。

凛《りん》としたまなざしの女性だ。

この人には、信念があるとララは感じた。

「セシル殿下の婚約者候補であるあなたこそが、この国の女主人となるための教養を身につけるべきではないでしょうか？」

彼女の言いたいことはわかる。

商売も屋敷の管理も、どちらも必要なことなのだ。

それは貴族の夫人、王子妃の双方に共通する。

「はい、そのとおりだと思います！」

ララは、考えの方向性こそ違えど、同じ思想を持つリリアンナを嬉しく思った。

「え？」

けれど、当然ながらリリアンナはララの反応に当惑する。

彼女にすれば、ララではセシルの婚約者候補にふさわしくないと言っているのであって、手を取り合おうと励ましたわけではない。

「リリアンナさまのようなすばらしいお考えを持つ方とお知り合いになれて、わたし、とっても嬉しいです」

十四番目の婚約者候補だったリリアンナの手を取って、五十六番目の婚約者候補のララはにっこりと微笑んだ。

つつけば泣き出しそうな、小柄で儚げでか弱い印象のララ・ノークス。

その彼女が、完全にアウェイな状況でまったくめげていないのを見て、令嬢たちは皆一様に驚いている。

リリアンナも同様である。

「ただ、殿下の婚約者候補というのは、皆さまもご存じのとおり、あくまで候補でしかありません。ですので、わたしも少しばかり油断している気持ちがありました」

「え、ええ、そうですわね」

「けれど、これではいけませんよね。もしかしたら、殿下とほんとうに結婚する未来もあるのかもしれないのですから、もっと学んでいかないと！」

気合いも新たに大きくうなずくララを見て、令嬢たちは思った。

どうやらこの娘は、ただの田舎娘ではない、と。

「わたし、がんばります。励ましてくださってありがとうございます、皆さま。そして、リリアンナさま！」

「い、いいえ、わたしはそういうつもりでは……」

「えっ、違うのですか？」

「…………っ」

奥歯を噛《か》み締《し》め、一瞬だけ悔しそうな顔をしたリリアンナは、すぐに表情を取り繕う。

「ララさまは、とても前向きでいらっしゃるのね。ノークランドの風土が、そのようなお考えを育んだのかしら？」

「まあ！　わかりますか？　そうなんです。ノークランドは、決して裕福だとはいえませんが、とてもいい土地なんです。ぜひ皆さまにも知っていただきたいです」

それから小一時間。

ララは、ノークランドの歴史と貿易の話を語りつづけた――

・・・・・┃・・・・・・・・・┃・・・・・

彼女を舞踏会に連れてきたのは、セシルにまだ迷いがあったからだ。

ララに惹かれる気持ちは認める。

だが、それが恋愛なのかどうか、自分でもわからない。

いい歳をして、自分の気持ちが見極められないだなんて王子としても男としても情けない話である。

とはいえ、セシルにとって恋愛とは忌避すべきものでしかなかった。

この二十七年、ずっと彼は秋波を不快に感じて生きてきたのだ。

それはつまり、自分自身も他者に対してそういった愛情を感じることのない人生だった。

ララは、かわいい。愛らしい。

そして、見た目に反して気骨があり、知識があるわけではないけれど地頭がいい。

人の感情を気にしないようにも見えるが、その実、しっかりと相手を慮《おもんぱか》っている。

――彼女こそが、俺の選ぶべき人なのではないか。

第二王子の妃として考えるほうが、恋情の解釈よりも単純だったため、セシルはララをこの舞踏会に誘った。皆に紹介するつもりで連れてきた。

しかし。

――なぜ、こんなにも長い時間、女性たちと部屋にこもっているんだ？

到着してすぐに彼女をリリアンナ一派に連れ去られ、少々じれる気持ちがわいてきた。

何しろ、真新しいドレスをまとったララは、セシルの目にもとても魅力的に映っていた。

あれほど可憐《かれん》なララだ。

どこぞの男が、セシルの婚約者候補と知らずに声をかける可能性がある。

それとも、令嬢たちはセシルを変えた女と噂されるララにひどい仕打ちをしてはいないだろうか。

ララが貴族社会でどう振る舞うか、どう受け入れられるか。

試す気持ちで連れてきておきながら、彼女が令嬢たちに連れて行かれてからのセシルは不安に駆られるばかりだ。

こんなことなら、舞踏会になど来なければよかった。

――まさかとは思うが、ララに何かあったのではないだろうか。こんなに遅くなるのはおかしい。

本日の主催であるハイダリヤ公爵の令嬢であるリリアンナは、セシルのかつての婚約者候補でもある。

破談になった原因は覚えていないが、彼女が逆恨みをして――

「あっ、殿下。見てください。たくさん焼き菓子をお土産にいただいてしまいました！」

大広間の奥の扉から姿を見せたララが、嬉しそうに包みを持って駆け寄ってくる。

「ララ」

花びらのようなフリルが、彼女の足元で揺れていた。

あまり走っては危ないと言いたいところだが、彼女に対して過保護すぎるのも周囲の反感を買いかねない。

ぐっとこらえて、ララがそばに来るのを待つ。

ほんの数メートルの距離が、やけに長く感じた。

「リリアンナたちとは仲良くなれた？」

当初の目的を思い出し、セシルはララの様子を窺《うかが》う。

彼女が魅力的な人間だと感じるのが自分だけで、貴族社会でうまく立ち回れないのならば、ララは王子の妃となっても先々苦しむだろう。

その場合には、ララとの縁談は破談にすべきだ。そう、思っていた。

――答えがどうあれ、俺は彼女を手放したくない。

ララが答えるよりも先に、セシル自身の答えが見つかる。

ああ、そうか、と彼は思う。

もうとっくに、恋は始まっていた。

セシルは、ララに落ちていたのだ、と。

「はい。皆さまに、ノークランドのよさをお伝えしたんです」

「……ノークランドの？」

話が見えない。

そして、セシルも聞いたことのない話を、今日初めて会った令嬢たちに語っただなんて、悔しい気持ちが胸にこみ上げた。

「港町の生活や、貿易の入り口としての役割についてです」

令嬢たちの会話としては、少々いかつい気がしなくもない。

セシルの知る貴族令嬢とは、流行のファッションや男女の噂を好むものだが、ララを通すと別の側面が見えてくる——ということなのか？

「そうしたら、シュリアさまはベイデン地方の小麦栽培のことを教えてくださって、リリアンナさまは輸入品の値段がどうしてあんなに高くなるのかを説明してくださって——」

話を聞くに、ララはほんとうに令嬢たちと国の貿易や農業、商業の話をしてきたようだ。

「つまり、きみは楽しかったということでいいのかな」

「はい！　とっても！」

セシルが思うよりも、ララはずっと肝が据わっている。

——彼女なら、きっとこの国の未来のために手を取り合える人だ。

ララの知らないことは、セシルが教えられる。

そして、セシルの不得手な部分をララが埋めてくれるに違いない。

何よりも、ララに恋をしている。ほかの誰かではなく、ふさわしい誰かでもなく、ただ彼女をほしいと心から思っているのだ。

「貴族のご令嬢たちと気が合うとは、きみは俺の想像を遥《はる》かに超えていく」

「うふふ、そうですか？　わたしにも、できることがあるのは嬉しいです」

「できること、というのは？」

ララは無邪気な笑顔をこちらに向けた。

一瞬、彼女の目がセシルから逸《そ》らされる。

けれど、次の瞬間にはいつものララが微笑んでいた。

「殿下が幸せになってくださるよう、ほんの少しお手伝いができたらいいなと思ったんです」

「俺の幸せの、手伝い？」

「はい。だって殿下もいつかは、どなたかとご結婚なさるのでしょう？」

残酷なひと言だった。

彼女への恋情を自覚したばかりのセシルに、ほかの誰かと結婚する日を示唆するララは、優しい目をしている。

——まるで、俺のことなど興味がないと言いたげに。

だが、今さらな話だ。

セシルがララに最初に興味を持ったのは、彼女が自分に期待していないと気づいたせいである。

ほかのどの候補者とも違い、ララはセシルの美貌にも王子という立場にも、贅沢な暮らしにも美しいドレスにも執着していなかった。

唯一喜ぶものは、宮殿のおいしい食事だという彼女に恋をした。

「そのときに、この国のことをたくさん知っている方だったら、きっと殿下にとっても心強い味方になると思うんです。わたしにわかることは、ノークランドのことしかありません。少しでも、ご令嬢の皆さまが理解してくださったら、きっと——」

その続きは、頭に入ってこない。

ララにとって、自分は故郷のノークランドよりも、なんならもらってきたという菓子よりも、興味のない存在なのだという事実だけが伝わった。

感情が、すうと冷えていくのが自分でもわかる。

表情は消えていく。

彼女の眩しさは変わらないのに、セシルの心だけが凍りつく。

「殿下、どうかなさいましたか?」

「いや、別に。楽しかったようで何よりだ」

「はい。連れてきてくださって、ありがとうございます」

その後は、初めての舞踏会に緊張する彼女の手を取ることもなく、セシルはいつもの自分へと戻っていった。

大広間に到着したときには、周囲をざわつかせるほどララに夢中だったのに、帰るころにはそんな話題も出なくなる。

「ララさま、もうおかえりですの?」

「本日はありがとうございました、リリアンナさま。また皆さまとお話する機会があればいいのですけれど……」

「もちろんですわ。あなたの奇抜な考えには度肝を抜かれましたけれど、そういう考え方もあるのだと勉強になります。セシル殿下、ご迷惑でなければ、またララさまをお誘いさせていただいてもよろしゅうございますか?」

未婚の貴族令嬢たちの中心となるリリアンナ・ティフォーネすら、ララに骨抜きの様子だ。

まったく、彼女ほどの人たらしは見たことがない。

「私の用事がないときであれば、ご自由に」

「ありがとうございます。では、ララさま、また招待状をお送りいたしますわね」

「楽しみにお待ちしています！」

自分がこれほど狭量な男だとは思わなかった。

リリアンナに笑いかけるララを、今すぐ馬車に乗せて宮殿へ連れ帰りたい。

彼女の心など無視して、寝室に閉じ込めて――

既成事実があっても、心は別だとララは言った。

ならば、心をもらえなくてもいいから彼女を抱きたいと言えば、どんな顔をするだろう。

初めての恋愛感情は、セシルを孤独に引き寄せる。

――そうだ。俺は、婚約者候補に無体をしたところで責められる立場にない。

ララとの婚約を進めればいい。それだけのことなのだから。

・・・・・┃・・・・・・・・・・・┃・・・・・・

帰りの馬車は、行きとは空気が違っている。

セシルは胸の前で腕組みをし、ずっと目を伏せてこちらを見ない。

ハイダリヤ公爵邸で、何かあったのだろうか。

ララは、もらった焼き菓子を包んだものを膝の上に置き、彼の薄いまぶたをじっと見つめる。

青く血管が透けて見えるまぶたが、なぜか痛々しくせつない。

「舞踏会の会場って豪華なのですね。それとも、ハイダリヤ公爵さまのお屋敷がすばらしいのかしら」

「………」

返事はない。

それでも、ララは続ける。

「きらきらして、ふわふわして、いい香りで、ステキな音楽が流れて、夢の世界みたいでした」

「……………」

沈黙はただの無言ではなく、ため息で相槌《あいづち》を示してくる。

「それに、あの焼き菓子！　外はカリカリなのに、中はしっとりしていて、とっても甘いんです。あんなおいしいお菓子、生まれて初めて――」

「きみは、贅沢な生活が好きなのか？」

唐突に、セシルが口を開いた。

「贅沢……。そうですね。貧乏より余裕があるほうが、人は心に余裕を持てるように思います。なので、みんなが贅沢できるくらい裕福になるといいと思います」

「なるほど。可憐に見えて、なかなか野心家だね」

「まあ！」

――野心家。わたしは野心家！

言われたことのない表現に、思わず頬が緩む。

「野心家だなんて、生まれて初めて言われました。いつも、ぼんやりしているとか、食事のことばかり考えているとか、むしろ何も考えていなそうと言われてきたので嬉しいです。うふふ、野心家です」

「……それは、嬉しいことかな」

「だって殿下はわたしの頭に脳が詰まってるとおっしゃってくださいましたよね。ものを考えていると認めてくださったんですもの」

自分を見ていなければ、出てこない言葉なのだ。

ぱっと外から見ただけのララは、前述のとおりぼんやり食事のことを考えているだけ。

それよりさらに遠くから見る人には、外見が与えるイメージしか持ってもらえない。儚げで可憐な少女。年齢よりずっと幼く見える、ララ。

「たぶん、ほかの誰も見つけられなかったわたしを、殿下だけが見つけてくださったというのが嬉しいのだと思います」

「ララは幸せなお嬢さんだ」

小さなお嬢さん、と彼はたまに口にする。

そのたび、ララは自分が彼の恋愛対象外なのだと言われている気がした。

――でも、今のは少し違うわ。幸せなお嬢さん。わたしは、幸せ。

「はい、昔からよく言われます。いつも幸せそうだね、と」

「別に褒めていない」

「えっ、そうなのですか？」

褒め言葉と思って受け止めていたので、セシルの返事に息を呑む。

「俺といなくても、どこでも、誰とでも幸せになれる。きみはそういう人なんだろう」

「どこでも、誰とでも……」

考えてみると、たしかに自分にはそういうところがある。

環境への適応。

順応性が高いとも言える。

ただし、それは自分の大切な人たちが幸せでいてくれれば、の話だ。

ララの幸せはいつだって、大好きなみんなが幸せでいてくれることを前提にしている。

――殿下が幸せでいてくれるなら、わたしはきっと、ずっと幸せなのだけど……

ふたりの日々が破談によって解消されたあとでも、セシルの噂が耳に入るのは想像できる。

そのとき、彼が幸せでいてくれるならば。

すばらしい妃と結婚し、子どもが生まれ、辣腕を振るって執務をこなし、夫婦仲良く暮らしている彼を想像して、ララは――「違う」と思った。

いつだって、大好きな人たちの幸せを願ってきた。

みんなが笑顔でいてくれれば、ララも笑顔になれたのに。

――わたし、殿下が幸せになる姿を想像して、寂しくなっているんだわ。

ハイダリヤ公爵邸での自分の矛盾を、知っていた。気づいていた。

自分に嘘はつけない。

『殿下とほんとうに結婚する未来もあるのかもしれないのですから』

リリアンナたちといるときに言ったのは、そうなったらいいと願うララの本心で。

『殿下もいつかは、どなたかとご結婚なさるのでしょう?』

セシルに告げた言葉は、彼とずっと一緒にいたいと思う欲深さを気づかれないよう、理想の自分を演じた面もあった。

彼が幸せな結婚をするのを祝う気持ちは、間違いなく存在している。

――どなたかと、幸せに。

ああ、とララは自分の浅ましさに気づいた。

彼にほかの誰かとの結婚を示唆しておきながら、心の深いところでは自分がセシルと結婚したいと思っているのだ。

宮殿の食事にほだされてしまったのか。

ふかふかの寝台で眠る贅沢を覚えてしまったのか。

――ううん、それだけじゃない。だけど……

「きみは、俺といなくても幸せだ。そのことがどうにも悔しいよ」

セシルがどんな気持ちで言ったのか、ララにはわからなかった。

・・・・・|・・・・・・・・・・|・・・・・・

――セシル殿下、どうしたのかしら。

彼がどうかしたというよりも、自分が何かしてしまった可能性もあるのだが、何も思いつかない。

ララがしたことは、主に令嬢たちと部屋にこもって語らったくらいである。

リリアンナと話に行くときも、彼は笑顔で送り出してくれた。

――でも、戻ってきたらあまり……。

出会ったころと同じ、物憂げな表情に変わってしまっていたのだ。

入浴を終えたララは、寝室にひとり、窓際に立って夜空を見上げる。

白いナイトドレスの肩にかけたガウンが、肌にかすかな違和感を教えていた。

「これが理由で、破談になるのかしら……！」

宮殿を出ていったら、きっとこの先、セシルと会うことはないだろう。

彼と自分の人生が交差するのは、ほんの一瞬。

何かの間違いで、このまま結婚まで進むことを期待していた自分が、少し恥ずかしい。

夜に外出していたこともあって、今夜はいつもより寝台に入るのが遅くなってしまった。

そろそろ寝なければ。

上掛けをめくり、室内履きを脱ごうとしたところで、廊下につながる扉がノックされる。

――誰かしら。こんな時間に。

「はあい」

ララはパタパタと扉に向かう。

返事はない。

逡巡《しゅんじゅん》ののち、ここは宮殿内なのだから危険もあるまいと扉を開けた。

「まあ、殿下！　どうなさったのですか？」

ほのかに甘い香りが鼻先をくすぐる。

葡萄酒だ、とすぐにわかった。

「相手を確認せずに扉を開けるのはよくないな」

「だって、殿下がお返事してくださらないんですもの」

「では、相手が俺だとわかった上で、部屋に入れてくれるだろうか」

手燭《てしょく》の明かりに照らされたセシルは、影のある笑みを浮かべていた。

青紫色の瞳が、虚《うつ》ろに炎を映している。

「ええ、もちろんです。何か、お飲み物を用意してもらいますか？」

無言で首を横に振り、彼が部屋に入ってくる。

寝る準備をして、燭台の明かりをほとんど落としてしまった。

ララがどうしようかと考え込んでいると、カタン、と小さく背後で音がする。

「セシル殿下？」

「明かりはいらない」

引き締まった腕がララを包み込み、突然セシルの胸に抱きしめられた。

——え、え？　何？　どうして？

当惑に心臓が跳ね上がる。

「きみは、俺がほかの女性と結婚すればいいと本気で思っているのか？」

低くかすれた声が、ララに問う。

彼の言葉に、自分の本心を見抜かれたような気がした。

「将来的に、殿下を支えることができる結婚相手と、その、幸せになってほしいと……」

――ずうずうしくも、殿下とずっと一緒にいたいだなんて思っていたわたしを、知られたくない。

ララは前向きだ。多少のことを笑い飛ばすだけの器量もある。

けれど、好きな相手に笑われたくないと思う年齢相応の気持ちだって持っている。

「んっ……!?」

大きな手が、ナイトドレスの上から乳房をつかんだ。

――殿下……？

「それほど俺の幸せを考えてくれているのは伝わったよ」

「この手は、えっと」

鷲掴《わしづか》みにするだけではなく、彼の手が胸元を弄《まさぐ》りはじめたではないか。

「今からきみを抱く」

「！」

婚約者候補という肩書きを背負った日から、彼に抱かれる可能性は頭のどこかで感じていた。

だが、セシルはララに興味がなく、いっそ早く宮殿から去ることを望んでいるように見えた。

次第にふたりの関係が近づいていき、急に彼は笑ってくれるようになって――

――今、今夜、急に？

「あの、殿下、立ったままでは……」

「寝台に誘ってくれるんだね」

「っ、そう、です」

この国の王子であるセシルを拒む理由を、ララは持ち合わせていない。

そう心の中で言い訳してから、それだけではないのだと自覚してしまう。

彼を恋しく思っている。

セシルに抱かれたからといって、彼の妃となる約束をもらえるわけではないのも重々承知の上で、ララは彼に触れられたいと思っているのだ。

薄明かりの中、彼が唇に笑みを浮かべる。

右手をこちらに差し出すセシルは、今まで見たどの瞬間の彼とも違っていた。

寂しげで、優しくて、孤独で、あたたかくて、懐かしくて、初めて見るようで。

けれど、どうしようもなく美しい。

――どうして、今？

迷う気持ちがないとは言わない。

――どうして、わたし？

答えを知りたい気持ちだってある。

それでも、ララは何も言わなかった。

彼が王子だからではなく、もしもこの関係が終わりのあるものならば、ひとつくらい自分だけの思い出がほしいと思う。

「きみは、既成事実を作ったからといって、俺と結婚できるかわからないと言った」

「……はい、申しました」

これから抱く女に、期待するなとあえて釘《くぎ》を刺すのならば、セシルは残酷だ。

しかし、残酷であると同時に誠実である。

「ほかの誰かの言葉ではなく、俺から聞いて俺を知りたいというきみに」

寝台に座るよう促され、ララは腰を下ろした。

「ほんとうの俺を、知ってほしいと思っているんだ」

「ほんとうの、殿下……？」

「そうだよ」

床に片膝をついたセシルが、ララの両手をすいとつかむ。

白い手の甲に、順番に左右どちらもくちづけた。

薄い皮膚に触れる唇は、くすぐったくもあり、ひどく官能的でもある。

「殿下に抱かれたら、ほんとうの殿下を知ることができるんですか？」

「さあ、知ってもらえたら嬉しいけれど」

小さく笑ったセシルが、鋭いまなざしをこちらに向けてきた。

あっと思う間もなく、ララの体は寝台に押し倒される。

「んっ……」

「俺という男を知ったあとも、きみは変わらずに笑ってくれるのかな」

「でん、か」

ナイトドレスの裾が乱れていた。

白い太腿《ふともも》が夜気にさらされ、その上をセシルのあたたかな手が這《は》う。

――殿下は、わたしと向き合って関係を作ろうとしてくださっているんだわ。

「ありがとうございます」

「……きみは、ほんとうに不思議な人だな。どうしてこの流れでお礼なんて言えるんだ」

片眉を歪めるセシルは、見えない痛みをこらえているようだった。

「殿下のことを知りたいです。だから、まっすぐに向き合おうとしてくださるのが嬉しい」

「もう、何も言わなくていい」

ナイトドレスの肩紐《かたひも》が二の腕まで下げられて、乳房があらわになる。

白い肌を彼の目にさらし、ララはかすかに目をそらした。

セシルがララの頭を両手で優しくつかみ、髪の間に指を差し入れてくる。

「こっちを向いて、ララ」

「……っ、はい」

ふたりの瞳には、互いの姿しか映っていない。

フロックコートを脱ぎ捨てた彼が、ゆっくりと顔を近づけてきて——

ふたつの唇が、重なった。

——これが、キス。わたしの初めてのキス。

しっとりとやわらかな感触に、ララは目を伏せる。

触れ合うだけで、胸が壊れそうなほどに心臓が高鳴った。

ちゅ、ちゅっと角度を変えて何度もくちづけるセシルは、合間にララの頭を優しく撫でてくれる。

口をふさがれるせいなのか、だんだん呼吸が浅く短くなって、吐息がもれてしまう。

ぷは、と大きく息を吐いたタイミングで、セシルは深くくちづけてきた。

舌が、入ってきてる。

——！

喉の奥が甘く疼《うず》いた。

自分の体の中に、自分以外の何かが入ってくる感覚というのはどうにも奇妙なものだ。

口に入るのは食べ物のはず。

けれど、セシルの舌は淫らに蠢《うごめ》き、ララの口腔《こうこう》でじれったく躍る。

「ん、んっ……」

無意識にこぼれた高い声が恥ずかしくて、体をよじった。

「キスだけで、かわいい声を聞かせてくれるんだね」

は、とセシルが短く笑う。

吐息混じりの笑い声が、夜の寝台では甘く淫らに聞こえた。

「怖い？」

「……殿下は、わたしに怖いことをしますか？」

「しないよ。たぶんね」

体を起こしたセシルは、上半身の衣服を脱ぎ捨てる。

細身に見えて引き締まった筋肉質の体は、彼が鍛えていることを如実に伝えてきた。

「ひとつ、今まで知らなかったことを知りました」

「へえ、なんだろう」

「殿下は、お体を鍛えていらっしゃるんですね」

右手を伸ばして、彼の腹筋にそっと触れる。

指先に感じるセシルの肉体。

それが愛しくて、泣きたい気持ちになる。

「ララの体も、もっと見せて」

ナイトドレスを脱がされて、ララは生まれたままの姿で寝台にしどけなく横たわっている。

「ああ、きれいだ」

「ほんとう、ですか……？」

「嘘なんか言わないよ。きみは華奢だと思っていたけれど、ドレスの下にこんな魅力的な体を隠していたんだね」

爪の先まで美しい手が、ララの胸の輪郭をたどった。

「っ……ん！」

「やわらかくて、いい香りがする。かわいいな」

脇腹を伝ったセシルの手は、ゆっくりと腰を撫で、太腿を割り広げる。

抵抗してはいけない。

自分にそう言い聞かせたけれど、秘めた部分が空気に触れると内腿《うちもも》が小刻みに震えた。

「ララ」

名前を呼ばれて、ララは紅潮した頬を両手で覆う。

「ララ、ここに触れるのは俺が初めて？」

「もちろん、です」

セシルはララの太腿に頬を寄せると、彼に溶けてしまいそうな甘い笑みを浮かべて内腿にキスをひとつ。

「ひぁっ……」

びくん、と腰が引ける。

けれど、それを逃すまいと彼の両手がつなぎとめた。

柔肉を左右に指で押し広げられ、蜜口に細く吐息がかかる。

――ほんとうに、殿下としちゃうんだ。

長い睫毛を伏せたセシルが、ララの亀裂の間に舌を伸ばす。

「殿下、それ……あ、あっ」

赤い舌が淫らに躍った。

同時に、ララの体は大きく跳ねる。

自分でもあまり触れたことのない部分に、やわらかく濡《ぬ》れた感触が伝わってくる。

——ウソ、そんなところにキスを……？

「まだ閉じているんだね。ここで俺を受け入れる準備をしていこう」

「は、い……」

舌がひらめくたびに、体の奥から甘い欲望があふれてしまいそうだった。

呼吸が上がり、乳房が揺れる。

その間にも、セシルの舌はララの秘めた部分をねっとりと舐《ねぶ》って確かめようとする。

——どうしよう。声が、出ちゃう。

いつしか、両手を口元に当て、ララは必死に声を押さえていた。

「ララ、声を聞かせて」

「っっ……で、すが」

「きみの声を聞きたい」

ちゅう、と彼が脚の間に吸い付いた。

「あ、ああっ……!?」

腰が蕩けてしまいそうな刺激に、ララは大きく喘《あえ》ぐ。

——何？　わたしの体、どうなっているの？

「ここが感じる？」

「か、んじる。そこ、んっ……ぁ、あ、すごくて……」

「いい子だ。もっとかわいがってあげる」

秘裂のはじまりに舌を押し当て、セシルがゆるゆると重点的に舐《な》めてくる。

「赤くぷっくり膨らんできた。ここに、感じやすい突起があるのは、わかる？」

「わ、たし……、んぅ……ッ」

誰にも触れられたことのない花芽が、セシルの舌で剥《む》き出《だ》しにされていった。

包皮をめくられると、舌が触れるだけで痺《しび》れるような快感が体を貫く。

脳天まで響く悦《よろこ》びにララははしたなく腰を左右に揺らした。

「こら、逃げてはいけないよ。きみの体が甘く濡れてきた」

「濡れ、て……？」

「自分でさわったことはない？」

ララは素直にうなずく。

大きく指で開かれた部分に、何があるのか。

男性を受け入れ、赤子を産むための器官ということは知っているけれど、その詳細を自分で知らない。

「手を貸してごらん、ララ」

「こう、でしょうか……」

言われるまま、右手を伸ばす。

セシルに導かれて、指先で柔肉に触れた。

「！　どうして、こんなに濡れて……？」

「きみの体が、俺を受け入れる準備をしているんだ。気持ちよくなると、たくさんあふれてくるんだよ」

「そ、そんな、感じているのが全部バレてしまうということですか⁉」

まなじりを赤く染め、ララは含羞に涙声になった。

「そうだね。だけど、俺に感じることは何も悪くない。むしろ、きみの体が俺をほしがってくれているのがわかって嬉しい」

「……っ、殿下が喜んでくださる、なら……」

彼の指が蜜口をなぞる。

「う、ぁあ、そこ……っ」

「ここで、体をつなぐんだ」

あふれる蜜を指にまぶすと、セシルが慎重に入り口を確認した。

にゅ……ぷ……、とララの中に異物が割り込んでくる。

「ぁあ、あ、中に……！」

「すごく狭いね。でも、とても濡れているよ」

長い指が二本、体の内側からララを押し広げた。

ひゅ、と喉が鳴る。

「殿下、ぁ、あ、ヘン……っ」

「どう、変なのかな。気持ち悪い？」

「う、気持ち、いぃ……です……」

「それはよかった。俺も、ここに挿入すると考えるだけで感じるよ」

寝台に膝立ちになったセシルが、ララの膣《ちつ》内を指で往復する。

擬似的な男女のまぐわいを、指で行われているのだ。

そう思うと、腰の奥が熱くてたまらない。

「早く、ララの中に入りたい」

きつく締まった蜜口は、彼の指でいじられるたび、ぬぷ、ぬぷ、と濡れた音を発する。

「準備、できて……」

「まだだよ。もっと慣らしておかないと、初めてはつらいというだろう？」

「そう、なのでしょうか……」

「それに、きっときみとつながったら、俺は我慢できなくなる」

指を蜜路に埋め込んだまま、セシルがララの隣に横向きに体をあずけた。

──我慢してほしくないのに。

「ララ」

下腹部を指であやしながら、彼は胸の先にキスした。

「あ、ァ……ッ！」

ぞくり、と全身が甘く粟立《あわだ》つ。

「我慢しなくていいなんて、言ってはいけないよ」

「で、んか、ぁああ」

「俺がどれほどきみを抱きたかったか、きっときみは知らない」

ちゅう、と乳首を吸われて、どうしようもないほどの快楽に、ララは敷布に爪を立てた。

「は、ぁ、胸と……っ、ん、どっちもするの、あ、気持ちよすぎて……っ」

「だったら、もっと感じていいよ。いくらでも、俺をほしがって」

「あっ、あ、んっ……！」

不埒な動きでララを抉《えぐ》る指に、自ら腰を振ってしまう。

乳暈まで口に含まれ、甘噛みされると、もう何も考えられない。

——何か、来る。お腹の中が気持ちよくて、ヘンになっちゃう……！

蜜で濡れた彼の指が、浅瀬を執拗《しつよう》にこすってくる。

「や、殿下、ぁ、何か、来ちゃう……ッ」

「ララの体は快楽に従順なんだな」

「わたし、そんな、ぁあ、あ、あ……」

「達するといい。イク顔を、俺に見せて」

ぢゅう、と強く乳首を吸われ、ララは腰を浮かせた。

体の中心を指で貫かれたまま、がくがくと体が震える。

「ひぅ……ッん、ぅ、ぁああ、あ……ッ」

彼の指を食い締める隘路《あいろ》が、きゅうぅ、といっそう狭まった。

全身に通う神経を一点に引き絞られるような感覚と、その直後の快楽の弾ける瞬間を経て、ララは浅い呼吸に喘ぐ。

「ああ、じょうずにイケたね。いい子だよ、ララ」

「んっ……、ぁ、中、動かさないでくださ……」

「大丈夫。指を抜くだけだ。次は、俺のものを咥《くわ》え込んで」

ぞり、と粘膜から何かを引き剥《ひは》がされる錯覚に陥ったが、それはひどく締まった体の内側から、彼の指が抜かれた衝撃だ。

「かわいい。ひくついて、俺を待ってる」

「ぇあ……、待って……？」

自分の体が、彼を求めていること。

経験のないララにも、それが感じられた。

――もっと、殿下を知りたい。もっともっと、殿下を感じたい。

きつく敷布を握りしめていた手をほどき、ララは両腕を広げる。

「殿下、来てください……」

「かわいいことをする。もう、逃がしてあげられないよ？」

トラウザーズをくつろげたセシルが、右手で自身の劣情を取り出した。

「っ、え……？」

下腹部に反り返るのは、ララが想定した倍もありそうな男性器だ。

先端は傘のように膨らみ、段差のくびれから根元まで血管が浮いている。

あまりに猛々《たけだけ》しい姿を前に、息を呑む。

「は……ッ、ララ、きみを奪いたい」

「ぁ、あ、あの、そんなに、大きいの、わたし……」

「俺だけの人になってもらう」

根元をつかんだまま、セシルは切っ先をララの間《あわい》にこすりつけた。

「んぅ……ッ」

ぬちゅ、にゅく、と柔肉の溝を亀頭が撫でる。

花芽に当たっては、段差を引っ掛けるようにして、彼が腰を揺らした。

——気持ちいい。気持ちよくて、怖い……！

前戯だけでこんなに感じてしまうのならば、つながったらどうなってしまうのだろう。

セシルの前で淫らな姿をさらすのは恥ずかしい。

けれど、もう体が彼を欲している。

ほしくて、ほしくて。

「でん、か……ぁ……」

ねだる声で、彼を呼ぶ。

「セシルだ」

亀頭が蜜口に密着し、ふたりの体がぴくりと震えた。

「セシルと呼んで。きみの声で、俺の名前を」

くっついた彼の先端が離れていくと、ふたりの間に透明な橋がかかる。

「セシル、さま……?」

「セシルでいい」

「セシル、セシル、お願い、もう……」

再度彼のものがララの蜜口に触れた。

「かわいい声でおねだりができるんだね。ほかの男には、絶対に聞かせない」

熱い杭《くい》が穿《うが》たれる。

ずぐ、ぐぐっ、とセシルの情慾《じょうよく》がめり込んで、ひと息に最奥を突き上げた。

「んぁあ、あ……ッ、んう……!」

互いの下腹部が密着し、これ以上ないほどにララの体が内側から開かれている。

濡襞にぎちぎちと埋まった雄槍は、ひりつく痛みを与えていた。

――わたし、殿下と……いいえ、セシルと、つながっている。

「まだ、全部入ってない」

「え……!?」

すでに、ララの最奥にセシルが突き当たっている感覚があった。

それなのに、まだ入りきっていないというのか。

「もっと、奥まで」

「ひ、ぁあッ……、あ、あっ、セシル、待っ……」

ずちゅ、ずちゅん、と抽挿が始まる。

激しい動きではないけれど、突き上げられるたびに脳天まで衝撃が貫いた。

「ララ、中が吸い付いてきているよ」

「ああ、ッ、ぁ、セシ……っ」

自分の内側に、彼がいる。

何度も何度も互いの敏感な部分をこすり合わせ、快楽を共有している。

愛情の行為と呼んでいいのかわからない。

情慾に溺れるふたりの、愛の言葉をともなわない淫らな行為。

——それでもいい。たった一夜の恋でもかまわない。わたしは、後悔なんてしないわ。

「初めてなのに、感じてくれているんだね。浅いところをこするのと、奥を抉るの、どっちが好き？」

「ひぁ、ん！　どっちも、気持ちぃ……ッ」

「欲張りなララ。俺をたっぷり味わって」

黒髪が揺れて、ララの上に覆《おお》いかぶさってくる。

嬌声《きょうせい》に濡れる唇を、セシルがキスでふさいだ。

「んん……ッ」

性急に舌を絡め、抽挿の速度が上がる。

キスの隙間からどちらのものかわからない唾液がこぼれた。

「ぁあ、こんな、おかしくなっちゃう……！」

「なっていいよ。きみがおかしくなるまで、突いてあげる」

「セシル、セシルぅ……ッ」

自分から彼の背中に手を回し、ララはすがりつくように名前を連呼した。

希《こいねが》う心を、込めて。

ただ、彼の名前を呼ぶ。

「キスしていると、きみの中がいっそう俺を締めてくる」

「んっ……」

打擲音《ちょうちゃく》が響く寝室で、テーブルの燭台がすう、と火を失った。

暗がりに蜜音がにじみ、ふたりの体がひとつに解け合うほどしっかりとつながっている。

「こんなにいいなんて、知らなかった。ララ、きみが俺をほしがってくれるのが、伝わってくるよ」

「セシル、ぁ、あ、いいの、いい、ヘンになる……っ」

子宮口にめり込む亀頭が、ララを狂わせてしまう。

呼吸さえもままならず、ただ一途《いちず》にセシルの与える快楽を貪る。

獣じみた呼吸で、心を、体を、つなぎとめようと、どちらからともなく動きを合わせていく。

「んんっ……、ぁ、あ、もう、もうダメ、また……きちゃう……ッ」

「何度でもイッて。きみの声で、俺をイカせてくれ」

「あ、ぁアッ……、あ、イク、イクぅ……！」

逞《たくま》しい背に、爪を立てた。

ぎり、と奥歯を食いしばり、ララは絶頂にのけぞる。

蜜口は、男の劣情を食いちぎらんばかりに引き絞られ、セシルがせつなげにうめくのが聞こえた。

「ゃ、あ、あああっ」

体を貫いていたものが、ずるりと抜き取られる。

「中に出すわけにはいかないだろう？」

「な、かに……」

彼の言葉の意味を理解してなお、ララは体の空白に寂しさを覚えていた。

——結婚どころか、婚約だってしていないのに、子作りするわけにはいかない。

頭ではわかっている。

けれど、体はそうはいかない。

男を知ったばかりの隘路が、彼のものを欲してヒクヒク打ち震える。

「……っ、は……」

膝立ちになったセシルが、右手で自身を握りしめた。

往復する指の間から、飛沫《しぶき》が散る。

ララの蜜にまみれた劣情が、びく、びくっと先端を震わせる。

「く……、出る……ッ」

張りつめた亀頭が、ぶる、と身震いをした直後、白濁が重吹《しぶ》いた。

「熱い……」

太腿と腹部に遂情を受け、ララは涙目で愛しい男を見上げる。

いつの間に、こんなに彼に惹かれてしまったのだろう。

いつの間に、帰れない道に足を踏み入れたのだろう。

いつの間にか、すべてが変わってしまう。

「セシル殿下……」

黒髪の隙間から、青紫の瞳がララを射貫いた。

「かわいそうなララ。もうきみは、俺から逃げられないよ」

――そんなの、望むところです。

ララは儚く微笑んで、目を閉じる。

四肢が重くて、頭を上げることもできない。

敷布の海に沈んでいくように、ララは意識を手放した。

・……┃……・……┃……・

夜の帳《とばり》に覆われた旧宮殿の一室で、その男はイライラと同じ場所を歩き回っている。

同じ寝台で眠るはずの妻は、もう二十日も別の部屋を使っていた。

『あなたがそんな趣味のある人だなんてどうして言ってくださらなかったの？』

『わかっていたら、わたしにだってもっと……できることがあったかもしれないのに……』

先月、妻はそう言って泣き崩れた。

このままでは、離縁と言い出されてもおかしくない。

――そんなの、許せない。僕の立場がどうなるかわかってるのか？

「これも、きっとあいつの差し金だ。僕を貶《おとし》めるために、ディアンナに暴露したんだ！」

ぎり、と歯軋《はぎし》りをする男は、鏡の前で自身を睨《にら》みつけた。

「どうしてあいつばかりが？　どうして、どうしてだ！」

握りしめた拳がぶるぶると震える。

計画どおりならば、今ごろまた、彼は信用を失っているはずだった。

五十六番目の婚約者候補は名ばかりで、実際のところ田舎の貧乏令嬢だ。付け焼き刃の令嬢教育を受けたとはいえ、王都に生まれ育った貴族令嬢とはぜんぜん違う。

田舎娘ぐらいしか、縁談相手もいない哀れな弟。

オルレジア王国では、結婚した男性王族にのみ王位継承権が与えられる。

――破談を繰り返している間は、あいつが俺より上に立つことはない。それなのに……

遠く、不吉な鳥の声がした。

「父上がキャクストン公爵に、養女をとるよう頼んだらしいけれど……」

邪魔ならば、排除すればいい。

これまで何度も繰り返してきたことだ。

弟の悪い噂を耳に入れ、嫌がらせのひとつふたつしてやれば、たいてい逃げていく。

そうでなくとも、弟は縁談に乗り気ではなかったため、彼の冷たい態度に傷ついて去っていく者もいた。

——逃げ出さないのなら、逃げ出したくなるように仕向けてやる。

すでに、最初の嫌がらせは行ったあとだ。

それなのに、彼女はまだ宮殿に留《とど》まっている。

次はどんな方法にしようか。

ララ・ノークスがいなくなれば、きっと——

第三章　殿下の初恋と罠《わな》

――わたし、殿下と既成事実を作ってしまったわ！

目を覚ましたララは、寝台にセシルが眠っているのを見て幸福に叫びたくなる。

けれど、当然そんなことはしない。

好きな人の睡眠を妨げたいわけではないのだ。

――今は、こうしてセシルがそばにいてくれるだけでいい。なんの約束もいらない。既成事実なんて、結婚とは関係ないんだもの。

彼が、ララの寝ている間に去ってしまわなかったことが嬉しい。

こうして寝顔を見るのは初めてのことだ。

青紫の瞳がまぶたで覆われている。

普段の物憂げな笑みは鳴りを潜め、二十七歳の彼がまるで子どものように無防備に眠っている。

なんだか嬉しくて、どうしようもなく愛しくて。

――少しだけ。ほんの、ちょっとだけ。

ララはそうっとセシルの頬に唇を寄せ――

「おはようございます、ララさま」

「いつまでも寝ていると、朝食が冷めてしま…………ええっ⁉」

ノックのあとにララの返事も待たず、ファルティとルアーナが寝室の扉を開けた。

「！　なっ、な、なな、なんで、殿下がっ」

「ララララさま、その格好はまさか！」

いつもは冷静なファルティが激しく動揺し、ルアーナにいたってはラの回数が多すぎる。

「しー、お静かに。殿下が起きてしまいます」

唇の前に人差し指を立てるララを見て、ふたりが顔を見合わせた。

事態を呑み込む速度は、さすが宮殿で婚約者候補の侍女として認められただけある。

「ん……」

煩わしそうに眉を歪ませ、セシルが小さくうめいた。

――お願い、まだ起きないで。セシルの寝顔をもっと見たいの。

ララは心の底からそう願う。

侍女たちは静かに扉を閉めると、姿を消した。

おそらく、今日の朝食について時間を遅らせてもらえるよう厨房に頼みにいったのではないかと、ララは思っている。

ある種の期待にも似ていた。

扉をじっと見つめて、上掛けを胸元に引き上げる。

「侍女たちは、もう行った？」

「えっ？」

不意にセシルの声がして、ララは寝台の上で跳び上がりそうになった。

「で、殿下、起きてらしたのですか？」

「殿下ではないと昨晩教えたはずだよ。俺のことは、なんと呼ぶんだったっけ？」

「……セシル」

「よくできました。おはよう、ララ」

彼が昨晩と同じ甘い声で名前を呼んでくれる。

――少なくとも、昨日のことを後悔してはいないと思っていい……のかしら？

セシルは朝陽の中で、こちらに向けて右手を伸ばす。

おずおずと彼の胸に寄り添うと、ぎゅっと抱きしめられた。

「体はつらくない？」

「大丈夫です。セシルが、優しくしてくれましたから」

「ああ、ちゃんと覚えていてくれたんだな。よかったよ。あまりによく眠っていたから、俺に抱かれたことも忘れてしまうかと心配していた」

「もう、そんなことありません！」

顔を上げたララの唇が、おはようのキスでふさがれる。

――セシル、このキスはどういう意味ですか……？

昨晩のおまけのようなものなのか。

それとも、もっと意味のある何か――

考えるのは無粋だ。

既成事実は、結婚の約束にはつながらない。

ララは、彼が幸せでいてくれることを今だって心から願っている。

――だけど、わたしがセシルを好きになってしまったことは、もうどうしようもない事実なんですもの。好きでいるだけなら、心の中は自由だわ。

「俺は自分の部屋へ戻ったほうがよさそうだね」

「もう戻ってしまうのですか？」

まだ起きたばかりだ。

セシルはあまり寝起きがよさそうなタイプには見えないし、急いで着替えて去ってしまうのではなんだか寂しい。

「そんな顔をされると、離れがたい」

「う……、だって、その、えっと……」

「ララ」

ひたいをこつんと突き合わせ、セシルが優しい目でララを見つめる。

「今夜から、俺の部屋で一緒に寝る？」

「っっ……！　そんなの、いけません！」

「あはは、きみは朝から元気だね」

楽しげに笑うセシルが、寝台から起き上がって衣服を整えはじめた。

――セシルの部屋で、一緒に寝るって……。それじゃ、まるで恋人同士みたいだわ。ううん、婚約者？　それとも、夫婦……？

自分のずうずうしい思考に、さすがに恥ずかしくなる。

たった一度肌を合わせただけで、彼の妻になれるわけではないと知っているのに。

夢を見てしまう。

二度目の夜を、期待してしまう。

「今日は、無理をせずゆっくり過ごして」

「セシルは、いつもと同じく執務ですか？」

「そうだね。それとも、きみと甘い夜を過ごしたことを理由に休んでいいのかな」

「そっ、そんなこと、人に言うことではないと思います」

うろたえるララがおもしろいのか、セシルは笑いに肩を震わせながらフロックコートに腕を通した。

また、彼は変わった。

憂いの薄膜が、一枚、また一枚と剥《は》がされていく。

その向こうにいるほんとうのセシル。

知れば知るほど、彼に惹かれる自分をセシルはどう思うのだろう。

これ以上好きになったら、さよならがつらくなる。

――今だって、きっとつらい。だったら、一緒にいられる間はたくさん彼を知りたいと思うのは、いけないことかしら……？

見た目は清楚《せいそ》、儚げな令嬢そのもの。

しかし、ララは昔から外見を裏切るほどの前向きさを胸に生きてきた。

よくいえばそうなるが、裏を返せば案ずるより産むが易し。

「うん、そうだわ」

今を、精いっぱい楽しく生きるほうがいいに決まっている。

悩むのは、あとでもできるのだから。

――わたしは、セシルと過ごせる時間を思い切り幸せに満喫するわ！

「何が『そう』なのかな」

「えっ、あ、声に出ていましたか？」

「そうだね」

白金髪を指先で梳《す》いて、セシルが澄んだ目で微笑んだ。

なんと答えるべきか、考えて。

「殿下との時間を、楽しむと決めたんです」

「……すまない、あまりに唐突で俺にも理解ができないんだけど」

「いいんです。うふふ、せっかくですから朝食にご一緒しませんか？　この宮殿の食事は、朝も昼も夜もいつだって最高においしいんですもの。ひとりよりり、ふたりで食べたほうがもっとおいしいと思います！」

面食らう彼をよそに、ララは元気いっぱいに寝台から立ち上がろうとして――

「あっ！」

自分が全裸だと、今さら気がつく。

床の上でしゃがみ込んだララに、セシルは拳を口に当てて笑いをこらえながら、ガウンを差し出してくれた。

まったく、彼はどこまでも紳士だった。

・・・・・・・・・・・・・・・・・・・・・・・・

「ララさま、お顔が緩んでいらっしゃいますよ」

「その顔を見られては、殿下もきっと百年の恋も冷めるというもの」

「えっ……！　困る、それは困るわ！」

恋してもらってもいないのに冷められては、持ち直しようがなくなってしまう。

朝食を終え、居室に戻ってきたララは侍女たちと刺繍をしながら口を引き結ぶ。

けれど、数秒もするとまた頬が緩んできた。

――今朝はセシルと一緒に朝ごはん、楽しかったわ。

「ですが、殿下がララさまをお求めになったんですもの。少しくらいお顔がだらしなくなるのも、仕方ないですよ。ねえ？」

「ええ、この快挙をお喜びになられるのは当然ですわ」

侍女たちの喜びの声を聞きながら、ララはすまし顔で針を刺す。

この宮殿で過ごす時間があとどのくらいあるのかわからないけれど、楽しく暮らすと心に誓った。

決めたからには、問題が起きない限り突き進むのがララの流儀だ。

もちろん、ララは彼に純潔を捧げたことを理由に結婚を迫るつもりなんてないし、宮殿に居座ろうという考えもなかった。

昨晩、セシルに抱かれたのがララにとって初めての経験。

けれど、男女の閨《ねや》での行為について、それなりにララだって知っていた。

田舎の女性たちの噂話《うわさばなし》は、主に恋愛にまつわるものばかりだ。

多少、耳年増《みみどしま》になるのは仕方のないことである。

それに、何も知らない純真無垢《じゅんしんむく》なままでいては、危険だと姉たちは言っていた。

――きっとお姉さまたちは、わたしのしでかしたことを知れば驚くでしょうね。

家族の誰もが、ララをとてもかわいがってくれた。

小さな妹、と呼んで、兄も姉たちもいつもララを気にかけてくれた。

純潔を失って婚約も成立せずに宮殿から追い出されるのが、もっとも悲しい結末だろう。

ララは、そうなる可能性も見据えた上で、セシルに抱かれることを選んだ。それだけのことである。

――とはいっても、ノークランドの女の子たちの間では、婚前交渉なんてそれほど珍しくなかったもの。

ララは恋愛経験がなかったが、恋する女の子たちの話はいくらでも聞いていた。

初恋は、実らない。誰もがそう言う。

けれど、初めての恋に身を焦がすのは人の性《さが》だ。

すべてを捧げ、すべてを求める。恋に溺れ、恋に破れる。

永遠に続く恋はない。

それはもう、愛と呼ばれるものだから。

「だったら、わたしは……？」

不意に、自分がそこに当てはまらないと勝手に思っていたことに気づく。

まだ何も失っていない。

だけど、いつか、セシルの婚約者候補という肩書きはなくなるのだろう。

そのとき、ララは失恋する。

失恋とは、恋を失うと書くけれど、実際に恋心は失恋程度ではなくならない。

――わたしが失うのは、殿下との未来。

もうとっくに、恋は始まっていた。自分でも、知らない間に。

「うーん、よくないわ」

「ララさま、刺繍の柄が気に入らないのですか？」

心配そうに顔を覗き込んできたのは、ルアーナだ。

「そうではないの。なんだか、部屋にこもっていてはもったいない気がするから、少し散歩にでも出ようかと思って」

すべてが嘘ではないけれど、かならずしも真実だとは言えない答えだった。

この部屋には、まだセシルの残り香がある気がして。

ひとりで、青空の下を歩きたい。ただ、そう思った。

「では、準備をいたします」

「え、準備って？　宮殿の中庭を歩くだけよ」

「ララさまおひとりで行かれるおつもりですか？」

「そう。だってわたし、まだ頭の中がぜんぜん整理できていないんですもの。たまには、少しくらいひとりで散歩してもいいでしょう？　ね？」

侍女たちも、ララが昨晩セシルとどんな時間を過ごしたかは、知っている。

詳細は知らなくとも、ふたりがどんな関係になったかは察しているのだ。

「仕方がありませんね。あまり遅くなられませんように」

「ええ、少しだけ、ね」

渋い顔のファルティに、ララは「ありがとう」と笑いかけた。


水階段でつながる、旧宮殿と新宮殿。

中庭の坂道をゆったりと下りながら、ララは空を仰いだ。

大きく息を吸い込んで、自分と世界の境界を感じる。

この国の土の上に、ララは生まれた。

オルレジア王国に生まれて十八年、宮殿を自由に歩く日が来るとは思いもしなかったのに。

――風が気持ちいい。頭の中まで、すっきりするみたいだわ。

「おや、こんなところでお会いするとは」

「えっ？」

セシルにそっくりな声に振り返ると、そこには第一王子クロードが立っていた。

――そういえば、クロード殿下とセシルって、お顔は似ていないのに声はそっくり！

「失礼いたしました。クロード殿下がいらっしゃるとは存じずに……」

ララは急いでドレスの裾を持ち上げると、丁寧に会釈をする。

「謝ることはありません。あなたは弟の婚約者候補ではありませんか。王宮内は自由に歩いてくださって結構ですよ」

――クロード殿下って、とても穏やかな方なのね。

顔合わせの席では、クロードとセシルが少々険悪に見えて懸念したものだが、こうして話してみると感じの良い青年王子そのものだ。

「それよりも、ララ」

「はい、なんでしょう」

「セシルはあなたに迷惑をかけてはいませんか？」

唐突な問いかけに、ララは即答できなかった。

彼の言いたいことがわからなかったせいだ。

「迷惑、ですか？」

質問に質問で返したララをまっすぐに見つめ、クロードがうなずく。

「たとえば、ほかの女性との関係や、冷たい態度に傷ついていないでしょうか。弟は、どうにも生まれつき色香の女神に愛されているようで、女性を惑わせてしまうのです」

「……！」

——色香の女神だなんて、セシルにぴったりの説明だわ！

初めて会ったときから、彼は極上の色気を放っていた。

それはときに物憂げに、ときに甘やかに、得も言われぬ倦怠感《けんたいかん》を伴って、セシルの魅力を際立たせてきたのだ。

——さすがは、セシルとつきあいの長いクロード殿下ね。色香の女神に愛されただなんて、詩的で最適な表現……

思わずぽーっとなっていると、クロードはそれを見て何か勘違いしたらしい。

「ああ、やはり弟が迷惑をおかけしているのですね」

「えっ、えっ？」

さも心配そうな声で話しかけられ、ララは当惑する。

「いいのです。無理をなさらずに。セシルは昔からそういうところがありまして。人の心がわからないと申しますか……」

「そんなことありませんっ！」

思わずクロード殿下相手に力強く言い切ってから、口元を押さえる。

小さく咳払いをして、失礼のないよう言い直した。

「あ、あの、セシル殿下はたしかに魅惑的な方ですが、それは殿下のせいではございませんもの。それに、物事をはっきりとおっしゃってくださいます。わたしと結婚する気はない、と最初から……」

わかっていることでも、あらためて口に出すと落ち込むのも仕方がないことで。

一気に気持ちが下がり、ララはしゅんと肩を落とした。

「弟が、そう言ったのですか？」

「いえ、どうぞお忘れください。失礼いたしました」

「待ってください。我が弟の無礼をお詫《わ》びいたします。セシルは昔からそうなのです。だから、婚約者候補を次々にとっかえひっかえする始末で――」

クロードの言葉は、頭に入ってこない。

どうして彼は弟のことを悪く言うのだろう。

それも、心配している体裁なのがかえって胡散臭《うさんくさ》い。

彼の言っているのは、セシルが女性にだらしなく、気分やで冷たくて、結婚する気もないのに候補者に気を持たせる。そんなことばかり。

――少なくとも、わたしの知るセシルはそうではないわ。

「ということで、あなたが弟に嫌気がさすのも当然のことだと思います。もし、この宮殿にいるのがおつらいなら、僕のほうから破談の手続きをしておきましょうか？」

「お気遣いありがとうございます。ですが、わたしは大丈夫です。セシル殿下に傷つけられてはいませんし、毎日おいしい料理に元気と幸せをいただいていますもの」

「料理、ですか？」

怪訝そうに眉根を寄せたクロードが、ふむ、と考え込んだ。

「クロード殿下、あまり遅くなりますと侍女が心配するものですから、これで失礼いたします。お声をかけてくださり、ありがとうございました」

「あ、ああ、そうですね。また機会があればぜひお話しましょう。あなたのような女性は珍しい。弟も、さぞ興味を示したことでしょうね」

探るような言葉だった。

ララは何も言わず、礼儀に則《のっと》って会釈をしてからその場を離れる。

ほんとうは、走って逃げたいくらいだ。

――クロード殿下は、どうなさりたくてわたしにあんな話をしたのかしら。

ララがセシルに告げ口することを期待して？

それとも、セシルよりクロードの言葉を信じて、この宮殿から逃げ出すよう仕向けているのか。

誰かの噂話よりも、ララは自分の目で見て、自分の耳で聞いたことを信じる。

セシルは、女遊びをするような人だとは思えないのだ。

――女遊びに長《た》けているなら、わたしに手を出さなくとも相手はいくらでもいたはず。

だからこそ、彼が自分を抱いた理由もよくわからないのだけれど、そこは考えない。考えないと決めた。

——うう、気づくとつい考えてしまう。いけないわ。わたしは、宮殿生活を堪能するの！

石畳を颯爽《さっそう》と歩くうしろ姿を、クロードが忌々しげに見ていたことなど、背中に目のないララが気づくことはなかった。

「田舎娘が、この僕に生意気な態度を取ったことを後悔させてやる……！」

・・・・・┃・・・・・・・・・・┃・・・・・

冗談だとばかり思っていた。

あれは、一夜の夢のような時間なのだと、勝手に思い込んでいた。

けれど夜になって、入浴を終えたララに侍女たちが、

「それでは、寝室に移動いたしましょう」

と言い出したとき、セシルの朝の言葉を思い出した。

『今夜から、俺の部屋で一緒に寝る？』

——まさか、だけど、ほんとうに……？

「あの、寝室って、わたしの部屋のことよね」

「？　ほかに、どちらの寝室に……。あっ、もしかして！」

「違う、違うわ。わたしの部屋のことよ！」

かあっと赤面して、ララはまだ乾ききらない髪を揺らす。

こんな期待をしてしまう自分が情けない。

つまり、ララのほうがセシルと夜を一緒に過ごしたいと思っている。そういうことになる。

「これはこれは、かわいらしい勘違いをするものだ」

「セシル⁉」

浴室を出たところで、廊下の壁に背をもたせたセシルが甘い笑みを浮かべているではないか。

――今の話、聞かれていたの？

彼の態度からすると、そうとしか考えられない。

「俺としても、小さなお嬢さんが自分から来てくれるとは思わなかったので出迎えのつもりだったんだが」

「あ、あの、待ってください。わたし、そういうつもりでは……」

「そういうつもりでいてもらわないと困るよ。ララ、俺は出迎えに来たと言っているんだけどわかるかな？」

侍女たちは、何も聞いてないふりで聞き耳を立てている。

湯上がりだけが理由ではない赤い頬。

期待に胸を膨らませる自分を、どこかで見抜かれてしまった。

――セシルと一緒に楽しい時間を過ごしたいとは思っているけれど……

「おいで、ララ」

体を重ねることだけを意味してはいない。

もっと話をしたいと思う。

もっと、いろんなところへふたりで行きたいとも思う。

だが、駄目なのだ。

どんな言い訳を重ねても、彼にもう一度抱きしめられたいと心が叫んでいる。

自分に嘘はつけない。


「……はい」

ララは彼の手を取って、歩き出す。

行き先は、セシルの寝室だ。


部屋につくと、彼は居室の長椅子に足を伸ばして座った。

――えっと、わたしはどうしたらいいのかしら。

立ち尽くすララに、彼は黒髪をかき上げて微笑みかけてくる。

「女性の入浴というのは、時間がかかるものだね。きみが浴室へ行ったと聞いてから、ずいぶん待った」

「あの、待っていてくださってありがとうございます……?」

語尾が微妙に疑問形になるのは、冗談か本気かはかりかねたせいで。

こういう場合は、お待たせしてごめんなさいと謝罪すべきだったのかもしれない。

「いいよ。きみを待つのは楽しい」

「まあ！　セシルが楽しんでくださったのなら、それはいいことの気がしてきました！」

「あはは、ララはほんとうに不思議な人だね」

彼が小さく手招きする。

長椅子のそばに近づいて、ララは長い髪をさっとうしろに払った。

「実は、きみに喜んでもらいたくて」

「えっ？」

「厨房に焼菓子を作るよう頼んでおいたんだ」

――こんな夜遅くに、甘いお菓子を食べられるだなんて！

ララの目が輝いたのを、セシルは見逃さない。

「ああ、大成功だったみたいだね。先日、ハイダリヤ公爵邸でも焼き菓子を持ち帰っていただろう？」

「はい。お砂糖は正義ですもの」

「名言だね」

気づかなかったが、長椅子の横にティーワゴンが置きっぱなしになっている。

その上には、ドーム型の蓋をした銀盆が置かれているではないか。

ララの目線に気づいたセシルが、ひょいと蓋を持ち上げる。

「わあ……！」

現れたのは、楕円形《だえんけい》の焼き菓子と飾り切りされた果物。

葡萄に桃、苺《いちご》、林檎《りんご》もある。

「一緒に食べよう。おいで」

「はい！」

と、元気よく答えたはいいけれど、いったいどこに「おいで」というのだろう。

セシルが足を伸ばして長椅子に横たわっているため、ララが座る場所はない。

どうしたらいいのかわからずにいると、彼がいたずらな目を細める。

「こっちだよ」

「こっち、とは……？」

「俺の上に跨《また》がって座るといい」

「……乗馬、のように、ですか？」

あまりに信じられない提案だったため、ララは半信半疑で確認する。

「ああ、いいたとえだ。わかりやすい」

——本気ですか⁉

いかにララが自由な田舎育ちといえど、殿方を馬にして座る趣味はない。

まして、相手はこの国の王子だというのに。

「ララ」

「待ってください。いくらなんでも、そんな無礼なことはできません！」

「ララ」

「あの、ほんとうに、どうぞご容赦ください」

「ラーラ」

繰り返し名前を呼ばれ、ララには断りの言葉もなくなってしまう。

なにしろ、セシルはさも楽しそうな表情なのだから。

「……重くても知りませんからね？」

「試してみればいいじゃないか。それに、ララはぜんぜん重くないだろう。腕も腰も細くて――」

「っっ、な、何をおっしゃるんですか。やめてくださいっ」

裸を知る相手に言われると、昨晩のことを思い出されているようで気恥ずかしくてたまらない。

結局、ララはセシルの望むとおり、彼の腰を跨《また》いで座る羽目になった。

――セシルを見下ろすなんて、不思議な感じ。

「はい、どうぞ」

彼は焼き菓子を口に咥えた。

「えっ、どうぞって、それは」

「ん」

――そこから食べろってこと⁉

ドレスの膨らんだスカートを手で押さえて、ララは体を前に倒す。

顔を近づけると、甘い香りがする。

この至近距離で口を開けるのは、妙に恥ずかしさがあった。

ゆっくりと前歯で菓子の端っこを齧《かじ》る。

ほろりと崩れ、彼の顎先に粉が落ちた。

「あ、申し訳ありません。こぼれてしまって……」

焼き菓子を咥えたままのセシルは何も言わない。

食べ続けるべきなのか。ハンカチで拭うのを先にすべきか。

迷うララを、彼がぐいと引き寄せた。

「きゃ！」

ぐらりと体が揺れ、ふたりのひたいがぶつかる。

痛いわけではないけれど、焼き菓子が落ちそうになってララは慌てて手を伸ばした。

「ふう、危機一髪でした！」

見事キャッチしてから、自分がセシルの上に覆いかぶさる格好になっていたことに気がつく。

――吸い込まれそうな、美しい瞳……

「ララ、そのままもう一度」

「え、でも、焼き菓子は……」

彼はもう何も咥えていない。

唇を近づければ、キスになる。

――わたしから、キスするの？　セシルはそれを望んでくれているの……？

どくん、と心臓が大きく高鳴り、ララは彼の瞳から目が離せなくなった。

ゆっくり、ゆっくりとふたりの唇が近づいていき、その距離は指一本分まできたところで――

「んっ！」

セシルが首を伸ばして最後の距離を一瞬で詰める。

甘い焼き菓子の香りがするキスに、目を閉じて。

体の奥に、夜の淫らな予感が広がっていくのを感じていた。

・・・・・―・・・・・・・・・―・・・・・

初めて抱かれた翌日から、ララの寝場所はセシルの寝室になった。

当たり前のように侍女たちもそれを受け入れる。

婚約者候補として、これは普通のことなのだろうか。

――セシルは、過去の候補者とも親密な時間を過ごしていたのかしら。

考えても詮無いことだ。

それよりも、この数日、彼がひどく疲れていることのほうが気がかりだった。

セシルが入浴を終えて寝室へ戻ってくるのは、夜も更けてから。

公務で忙しいのだろうとわかっているからこそ、夜はひとりで寝たほうがくつろげるのではないかと心配になる。

――だって、一緒に寝ているだけでしていないんだし……

と、それを言うと逆に誘っているように聞こえるかもしれない。

だから、なかなか言い出すこともできなくて、ララは悩ましい気持ちになる。

「ララ、先に寝ていていいと言ったのに、起きて待っていたの？」

夜遅く、寝室へ戻ってきたセシルは毎晩同じことを言う。

「ここはセシルの寝室で、セシルの寝台ですもの。一緒に休みましょう」

「ああ、きみの体は温かいな」

ララは小さいころに母親を亡くしているため、怖い夢を見た夜は姉たちの寝台にもぐり込んだ。

双子の姉たちは、ララの両側からほっそりとやわらかな腕で抱きしめてくれた。

あのころとは違う。

セシルの体温はララを安らがせるだけではなく、興奮の兆しを誘う。

ひたいにキスされて、おやすみの挨拶をし、目を閉じてもしばらくの間は、この先に何かあるのか期待するのを止められなかった。

あの熱杭を、あの衝動を。

互いの体温の間に、渦を巻く情慾を感じながら目を閉じる。

――セシルはもう、わたしとしたくないのかしら。

ふう、と吐いた息が夜に溶けていく。

夜闇の中では、彼がどんな表情をしているのか見えない。

それでもただ抱き合って、ふたりは毎夜を過ごしていた。

「ララ、今日はハイダリヤ公爵のご令嬢が来る日だったね」

ある朝、おはようのキスの代わりにセシルがそう言った。

「はい。今日のお昼に」

「楽しい一日を。週が明けたら時間がとれるから、俺とも外出しよう」

「えっ、いいんですか？」

毎日忙しい彼の休日を、毎日のんびり過ごしている自分が独占するのに罪悪感もなくはない。

けれど、ララはセシルとの時間がほしかった。

「そんなに喜んでもらえるとは思わなかった」

「う、嬉しいですよ。だって、セシルは最近いつもお忙しくしているんですもの。お体が心配です」

「では、宿泊の準備を侍女たちに頼んで待っておいて。きみを遠出に連れていくよ」

「わかりました！」

いつもと同じ朝なのに、今朝は食事もいっそうおいしく感じる。

ファルティとルアーナは、外泊と聞いていそいそとドレスや装飾品を選んでくれた。


昼前にリリアンナ・ティフォーネが宮殿へやってきた。

金色の巻き毛は、太陽の下で見るといっそう豪華で圧倒される。

「ララさま、本日はお招きいただきありがとうございます」

「いえ、そんな。ここはわたしの家ではないので、なんとお答えしていいか迷います」

「あら、相変わらず素直でいらっしゃるのね」

考えてみれば、彼女もまたこの宮殿に滞在していたことがあるのだ。

――リリアンナは、セシルとの破談についてもう未練のようなものはないのかしら。

すでに騎士団長と婚約しているのだから、過去は断ち切っているのかもしれない。

だが、セシルとの関係が変わった今、以前と同じ気持ちでリリアンナに接することができないのも事実だ。

「ずうずうしいお願いなのですが、もしよろしければ本日はバラの温室でお話できませんか？」

「温室、ですか」

リリアンナに提案されて、ララは目を瞬かせる。

それというのも、バラの温室なる場所にララは行ったことがない。

ふたりのそばにいたファルティが、

「すぐにご用意させていただきます」

と、部屋を出ていく。

「リリアンナさまは、バラがお好きなのですね」

「そういうわけではないのですけれど、大事なお話がありますの」

――大事な、お話。

かすかに身構えたララに、リリアンナが真顔でうなずいた。

「……はい、あの、かしこまりました。大事な、はい、お話……」

「ララさま？　なぜそんなに動揺されるのです。先日の毅然《きぜん》としたララさまと同一人物とは思えませんわ」

——それは、セシルに関することしかあなたとわたしに共通点がないからです！

リリアンナの持ってきた大事な話というものは、おそらくセシルについてなのだろう。

誰かの語る彼ではなく、自分の知る彼を信じる。

その気持ちに変わりはない。

それでも、わざわざララに話そうとするリリアンナに門前払いをするのもどうかと思う。

「ララさま、温室にお茶とお菓子を手配いたしました。移動されますか？」

「ええ、お願い」

ファルティとルアーナが心配そうに見守る中、ララたちはバラの温室と呼ばれる場所へ向かった。


水階段のある中庭以外に、オルレジア宮殿には四つの中庭がある。

花壇の美しい東の中庭の一角に、バラの温室はあった。

——こんなところに、温室があるなんて知らなかったわ。

初めて訪れた温室で、ララは天井を見上げた。

ガラス造りの天井からは、陽光が燦々《さんさん》と射《さ》し込《こ》んでいる。

色とりどりの花が咲く中で、バラの温室と呼ばれるだけあって、華やかなバラが何種類も目を楽しませてくれる。

「なんてステキな温室でしょう！　湿度がこんなに高いだなんて、植物たちは呼吸がしやすくて幸せですね」

ララは、くるりとその場でターンをして温室内を見回した。

「植物が、幸せ？　ララさまはおもしろいお考えをお持ちですのね」

どこか呆れたように、リリアンナが応える。

「リリアンナさまは、宮殿でお過ごしのときに温室を知られたのですか？」

「いいえ。わたしは幼いころから父に連れられて宮殿に出入りしていましたので、そのころに」

――そうだったのね！

胸にわだかまっていた気持ちがすとんと消える。

もしも、リリアンナが婚約者候補だったときに、セシルが温室に案内してあげていたのだとしたら
それはそれで複雑というか――

かつての彼は、縁談の相手に親しく接していたのかもしれない。

過ぎた日々に嫉妬しても無駄だと知っている。

リリアンナのことは、好きだ。

貴族令嬢らしく、自身の信念を強く持つ彼女。

それでいて、異なる意見を持つララの声に耳を傾けることのできるリリアンナ。

だから、リリアンナを相手に嫉妬したくなかった。

――でも、そう思ってしまう時点でわたしはリリアンナさまに嫉妬していたのかも。恥ずかしいわ。

ふたりが温室の中央にある木製のテーブルでくつろいでいると、ティーワゴンを押したルアーナがやってくる。

湯気の立つ紅茶がカップに注がれ、侍女たちが離れたのを見計らってから、リリアンナが重い口を開いた。

「ララさま、宮殿での生活はいかがですか？」

「え、あの、毎日楽しくおいしく暮らしています」

急に尋ねられ、セシルとの関係を問われているような気持ちになる。

さすがに、婚約者候補ながら彼の部屋で寝起きしていますとは答えにくい。

――そこまで噂にはなっていない……と思いたいのだけど！

ララと過ごすようになってセシルは変わった。

王都では、その噂が知れ渡っている。

「セシル殿下」

「！」

「ずいぶん変わられましたよね。噂にも聞きますが、わたしは御本人を知っているからこそ、その変化に目を見張りました」

「そう、ですね。でも殿下はもともと優しい方なのだと思います」

「決して王族の皆さまを悪く言いたいわけではありません。それだけは先にご理解くださいませ」

「は、はい」

大事な話とは、やはりセシルにかかわることらしい。

覚悟を決めたララに、リリアンナが「クロード殿下のことなのですが」と告げる。

――え？　クロード殿下？

あまり大きな声では言いたくないが、ララとしてもクロードに対してほんのり思うところはあった。

彼は、セシルの悪評を流しているのではないだろうか。

そんな疑念がある。

「クロード殿下に、何か……？」

「わたしが宮殿にいたころ、クロード殿下が――」

リリアンナが声をひそめたところに、突如ドドドドと大きな足音が近づいてくる。

ふたりはそろってビクリと肩をすくめた。

秘密の話をするにはうってつけの場所。

温室に、暴れ馬のような荒々しい足音が響いては無理もない。

「リリアンナ！」

茂る緑の葉の間から姿を現したのは、濃い眉に琥珀色《こはくいろ》の目をした大男である。

騎士団の団服に身を包む姿から察するに、王立騎士団の団員に間違いない。

「ニコラス、どうしてここへ？」

椅子から立ち上がったリリアンナが、驚いた様子で目を瞠《みは》る。

ブルネットの短髪に、みっしりと分厚い胸板の男はテーブルのそばまでやってきて、ララに一礼する。

「婚約者候補のララ・ノークス嬢でいらっしゃいますね。突然の無礼を失礼いたします。私は王立騎士団団長ニコラス・アドライズと申します」

生真面目な表情で、ニコラスが名乗った。

「リリアンナさまとご婚約していらっしゃる……」

「はい。さようでございます。セシル殿下のご寵愛のお噂、かねがね耳にしております」

――こんな堅物そうな騎士団長さんにまで伝わっているだなんて、王都は噂が広まるのがとても早いのね。

「ねえ、ニコラス。なぜここへ来たのか、わたしはまだ聞いていないのだけれど?」

唇を尖《とが》らせたリリアンナが、婚約者を睨みつける。

けれど、その表情や口調から、彼女が本気で怒っているのではないことも伝わってきた。

「それは、あなたが宮殿にいらっしゃると聞いて、慌てて駆けつけたに決まっているだろう」

「わたしはララさまとお会いすると言ったわよね。まさかと思うけれど、まだわたしがセシル殿下の元婚約者候補だったことにこだわっているの?」

「う……いや、しかし、実際あなたは……」

「しつこい！」

ニコラスと話す彼女は、いつもの令嬢然とした口調とは違っていて、失礼かもしれないがララの知るノークランドの女性のようだった。

気風がよくて、仕事をサボる夫を叱りつける、働き者の妻。

「わかってくれ、リリアンナ。俺は無骨な男だ。ただ、あなたを愛する気持ちだけは、ほかの誰にも負けはしない」

「そんなこと、ララさまの前で言わないでよ」

こちらを気にして、頬を染めるリリアンナがかわいく見える。

毅然とした彼女より、ずっと親しみやすく好感を持った。

「わたしのことはどうぞお気になさらず。ニコラスさまの分も、お茶を用意させましょうか？」

「いえ、それにはお呼びません。ね、ニコラス」

「そう……だな……」

大男の騎士団長は、まだ納得していないようだ。

つまり、彼はリリアンナが宮殿に来ていると知って、不安になって駆けつけてきたのだ。

自分の婚約者が、かつてセシルの十四番目の婚約者候補だった。

——わたしと同じね。

ララだって、リリアンナとセシルの過去に嫉妬する気持ちを持っていた。

騎士団長として活躍するであろう、立派な肉体を持つ大人の男性であっても、愛する者を前にしては弱みのひとつやふたつ、さらしてしまう。

「それに、今さらそんなことを気にするのはララさまに失礼よ」

「リリアンナさま、もうそのくらいで。ね、おふたりとも、どうぞ一緒にお菓子をいただきましょう？

わたし、宮殿で出してくれるお菓子に目がないんです！」

結局、その後は三人でティータイムを楽しみ、クロードについての話を聞くことはなかった。

気になるといえば気になるけれど、それよりもララは別のことを考えていた。

ニコラスがリリアンナを、そしてリリアンナがニコラスを愛しているのが、部外者の自分にも伝わってくる。

ふたりが結婚したあとも、きっと幸せに暮らしていくだろうと想像できる笑顔の数々を目にして、ひとつの願いが胸に浮かんだ。

――わたしも、好きな人とずっと一緒にいたい。

このままセシルと婚約できる約束は何もないのだ。

だったら、想いを伝えてしまうのもひとつの道なのでは、とララは思う。

心を捧げ、愛情を告白する。

結果よりも、初めての恋を、その思いの丈を、セシルに伝えることが大事なのかもしれない。

リリアンナたちを見送ったあと、ララは侍女ふたりと居室へ戻る。

石畳に夕日が落ちてくる。

儚いオレンジ色の世界で、不意にひと組の男女が目に入った。

「ディアンナ、話をしよう。きみの考え過ぎだとわかってもらえる」

「いいえ、あなたの嘘はもうたくさん――」

クロードと、その妻のディアンナのようだ。

「ああ、まただわ」

ルアーナの言葉に、ファルティがうなずく。

「クロード殿下とディアンナさま、最近どうもご様子がおかしいと聞きます」

「そう、なの?」

夫を置いて、ディアンナがひとりで歩いていく。

彼女の表情は遠目にも苦しげで、ひどく寂しそうに見えた。

「ディアンナさまのご体調が優れず、寝室も別にしていらっしゃるとか」

「………………」

夕日は、海へ。

この国に、今日も夜がやってくる。

・・・・・┃・・・・・・・・・・・┃・・・・・・

海岸線を走る馬車の中は、潮騒が響いていた。

懐かしい波音を耳に、ララは飾り窓に身を乗り出す。

「見てください、セシル。あの海の向こうが、クラルデン大陸です。天気のいい日は、大陸まで見えるんですよ」

指差した東の海を、青紫の瞳が追いかけた。

「今日は天気がいいのに、見えないようだけど」

「ふふ、海沿いの街の快晴は、もっともっと晴れるんです。空気が澄んで、遠くの景色までしっかり見えるくらいに」

ふたりは王族専用の馬車で、ララの生まれ故郷であるノークランド地方へやってきていた。

先週まで、連日連夜忙しくしていたセシルだが、あれはまとまった休みを作るためだったという。

『俺に、きみの育った街を案内してほしい。ご家族にも挨拶をしたいんだ』

セシルの申し出を、ララは一も二もなく快諾した。

断る理由なんてない。

ララのほうが、セシルが自分の愛するノークランドに来てくれるのを喜んでいるのだから。

オルレジア王国の東端にあるノークランドから見える海は、西側とくらべて青く美しいというのが定説だ。

残念ながら、西端までは馬車を使っても五日以上かかるため、ララは西の海を知らない。

だが、何かと比較しなくたってノークランドの海岸線は美しかった。

気づけば、ララが実家を発ってから四カ月近くが過ぎている。

父は元気にしているだろうか。

兄と義姉は、双子の姉たちは、ララを心配してはいないだろうか。

——懐かしい、ノークランドの香りがするわ。

ララが王都へ移動したときは片道二日かかった道のりだが、気候と馬の質のおかげか、今回は一日で辿《たど》り着《つ》いた。

父にはセシルが前もって手紙を出してくれたという。

「ひとつ、心配なことがある」

「なんですか？」

「きみがノークランドに残りたいと言いだすと、俺は困るんだ」

想像もしなかった彼の言葉に、ララはぱちぱちと目を瞬かせた。

――わたしが？　どうして？

すでに、ララはキャクストン公爵の養女となっている。

ノークランドに実の父ときょうだいたちが暮らしているが、もしセシルと破談になったところで養子契約を解消しないかぎり、この街に帰ることはできない。

「そんなに驚かなくてもいいだろう？　誰だって故郷を恋しく思うものだと聞いた。ララは違うのかい？」

「もちろん、ノークランドは大好きです。でも、わたしはキャクストン公爵のお世話になっている身ですから、勝手はできません」

「……そういう理由、か」

最近はあまり見なくなった、物憂げで儚い微笑みを浮かべ、セシルが視線を海に向ける。

――美しいけれど、寂しそう。セシルは、わたしがノークランドで暮らしたがるのを懸念しているのに、王都に残る理由が気に入らないのかしら。

「それだけではありませんわ」

「では、ほかに何が？」

「だって、わたしはセシルの婚約者候補ですもの」

二カ月もの間、婚約者候補として宮殿に滞在する令嬢は、ララが初めてだそうだ。

そろそろ決断をしなければいけない時期がきている。

このまま、正式な婚約者となるのか。

はたまた、破談となるのか。

ララにも断る権利はあると、王弟のザライル卿から説明があった。

婚約を決められるのは、セシルだけ。

――わたしから断ることはない。あとは、セシルがどうしたいのかだけれど……

彼が決断する前に、想いを伝えたい。

最近のララはそう思っていた。

そこへきて、突然の小旅行である。

ノークランドの風が背中を押してくれるのを感じ、ララはこの旅の間に彼に告白しようと決めていた。

「婚約者候補には、この縁談を断る権利があるからね」

だから、きみがノークランドに残ることは可能だ――

セシルの言葉は、言外にその意味を秘めている。

「ああ、だとしてもキャクストン公爵に遠慮しているのなら、きみは王都へ戻るしかないわけだ」

「宮殿には、すばらしい食事も待っていますもの！」

冗談めかしたララに、彼がやわらかな笑みを見せた。

「ララは食い意地の張った子どもだったか、お父上に訊《き》いてみよう」

「え、あ、あの、それはちょっと……」

「俺よりも、食事のほうが好きらしいからね」

――そんなの、セシルのことが大好きに決まってる！

拗《す》ね顔で彼を見つめると、大きな手がララの頭を撫でてきた。

「初めて会ったときは、どうしてこんな子どもが婚約者候補かと驚いたけれど」

「……セシル、今日はいじわるですね？」

「いや、俺はいつも変わらないよ。違って感じるのなら、それはきみの気持ちの問題では？」

彼の言葉に、心をかすめるものがある。

ララも、同じようなことを考えていたからだ。

「わかります」

「ん、何が？」

「あの、僭越《せんえつ》ですがわたしと過ごすようになってセシルは変わったと言われていますよね」

セシルが黙ってうなずく。

「それって、たしかに変わったと思うところもあるんですが、最初からセシルはそうだったのではないかなと思うんです」

「指示語が多すぎてわかりにくい」

「えーと、物憂げで退廃的で、甘い笑みを浮かべて世を斜めに見ている感じのセシルも、普段は人に見せないだけで明るく爽やかな面があったんだという意味です！」

自分にしてはうまく説明できたと思ったものの、彼は真顔でララを凝視したあと、唐突に笑い出した。

「えっ、どうして」

「はは、あはは、さすがにそこまで面と向かって言われることもないからね。そうか、俺は退廃的で、世を斜めに見ているのか」

――たしかに、第二王子に対して失礼だったわ……。

だが、彼は笑ってくれている。

今さら謝るのもわざとらしいだろう。

「だけど、ありがとう」

セシルが、両手でララの手を握った。

じん、と触れられた部分が熱くせつない。

「セシル……？」

「俺をそんなに見ていてくれたのは、きっとララだけだ。きみは、俺を見て俺の話を聞いて、俺を知りたいと言った。あれには、少しばかり感動したんだ」

「そうだったんですか？」

ララにとっては、当たり前のこと。

けれど、彼には特別なことだったのか。

「そんなふうにきみを育てた家族に会うのが楽しみだね」

「きっと、みんなが大歓迎してくれます。だって、ノークランドに王子さまが来るなんて初めてですもの」

ふたりを乗せた馬車が、領主であるララの父の屋敷に到着すると、門の周りに人だかりができていた。

窓から外を見てぎょっとしたララだったが、見知った顔をいくつも見かけて嬉しくなる。

「たしかに、これは大歓迎と呼ぶにふさわしいな。全員、ララの家族というわけではないだろう？」

「はい。ですが、よく知る人たちばかりです」

馬車を降りると、父が正装して出迎えてくれた。

「セシル殿下、ようこそいらっしゃいました。私はララの父、ブランドン・ノークスと申します。長旅、お疲れでしょう。どうぞ、屋敷で休んでください」

「ノークス卿、出迎えに感謝します。ララのご家族に会えて、光栄です」

集まった誰もが、セシルの美貌に甘いため息をもらす。

見慣れたわけではないのだけれど、一瞬一瞬があまりに美しい人なので、いちいち感動しなくなっていたことに今さら気づいた。

――皆、驚いていることでしょうね。こんなにも麗しい王子さまの婚約者候補がわたしだなんて。

「ララ！」

人の群れの中から、セシルに魅了されることなくララにまっすぐ抱きついてきたのは、双子の姉たちだ。

「ララ、王都は怖くなかった？」

「貴族のお嬢さまたちにいじめられはしなかった？」

左右からぎゅうと抱きつかれ、小柄なララはつま先立ちになる。

何しろ、姉たちはララと違ってすらりと背が高いのだ。

「お、お姉さまたち、殿下の前ですので……」

「『わたしたちの、かわいいララ！』」

左右から同時に聞こえる声に、人々の笑い声がかぶさった。

当のララは、むぎゅーと押しつぶされている。

いつまでたっても、姉たちにとって自分は小さな妹なのだろう。

「ノークスのお嬢さんたちは相変わらずだなあ」

「ほんとうに、昔からみんな、ララお嬢さんをかわいがって」

「そりゃあ、ララお嬢さんはかわいいんだから仕方ないよ」

——十八歳にもなってこの扱いでは、セシルに子どもっぽいと思われないかしら？

おそるおそるセシルの様子を窺うと、彼は穏やかな微笑みを浮かべていた。

熱烈な歓迎ムードの中を、父を先頭に屋敷へ歩いていく。

懐かしさと気恥ずかしさの混ざり合う、不思議な感覚に足元がふわふわした。

「ノークランドの民たちは、とても明るい」

隣を歩くセシルが、ぽつりと言う。

それは、誰かに向けた言葉ではなくひとりごとのようにも聞こえた。

たしかに王都の人々は礼儀正しく穏やかだけれど、こんなふうに盛り上がる姿はまだ見たことがない。

――セシルの目に、ノークランドはどう見えているのか気になるけれど……

きっと、彼ならこの街のよさをわかってくれる。

ララは、心からそう思った。


応接間に案内されたセシルとララは、長椅子に並んで座る。

真新しい家具が増えているのは、おそらくキャクストン公爵からの贈り物なのだろう。

キャクストン公爵夫妻は、ララを養女にもらうため、この家に何度も足を運んでくれた。

金銭的な援助も、それ以外の協力も、ずいぶん申し出てくれていたと聞いている。

少しでも父が暮らしやすい環境になったのならいいのだが――

「ララ、おかえり」

「お兄さま、お義姉さまも、ご無沙汰しています」

父、兄、兄の妻、姉ふたりがそろって、長く仕えてくれている侍女頭がお茶を運んできてくれる。

侍女頭とはいっても、ノークス家にいる使用人は六人。

そのうち侍女はふたりだ。

「あらためまして、このたびは遠くまでお出向きいただきましたこと、まことに感謝申し上げます」

父の言葉に、兄やほかの家族も軽く頭を下げる。

「こちらこそ、婚約者候補という曖昧な立場でララを宮殿に縛りつけていることをお詫びします。まずは、ララの育った場所に来て、きちんとお父上にも挨拶したいと思っていました」

セシルがそう言うと、姉たちが顔を見合わせ、両手を握りあった。

「別に、殿下が縛りつけているわけではありません。わたしは、キャクストン公爵の養女となったのですから」

「そうだとしても、ノークランドがきみにとって大切な場所であることに変わりはないだろう？」

「はい」

彼の優しさが、じんと胸に響く。

ララがこの家に帰りたいと思っても、勝手に帰ることができないことをセシルは知っていてくれるのだ。

――だから、わたしを連れてきてくれたんだわ。あんなに忙しく働いて、時間を捻出してまで来てくれた。

「ノークス家の皆さん」

背筋を伸ばしたセシルが、一同を見回す。

「この二カ月間、ララと過ごし、私は将来的に彼女にそばにいてほしいと強く願っています」

――え、セシル、それって……

「ララと正式に婚約し、結婚したいとご挨拶に参りました」

美貌の王子は、黒髪を軽く揺らして自分の言葉を裏づけるようにうなずいた。

「おめでとう、ララ！」

「幸せになってね、ララ！」

姉たちの祝福の言葉も、ララにはまるで他人事に思える。

まだ、実感がない。

そもそも、ララはセシルからそんなことを一度も言われていなかった。

「娘をよろしくお願いします、セシル殿下」

「ありがとうございます。ララの笑顔を絶やさぬよう、尽力します」

「ああああ、あ、あの！　あの！　殿下！」

父とセシルの会話に割り込み、ララは長椅子から立ち上がる。

「どうしたの、ララ」

「わたし、初めて聞きました。どうしておっしゃってくださらなかったんですか⁉」

真っ赤になって慌てるララを見上げたセシルは、甘く妖艶に微笑んだ。

まったく、どうしようもないほど蠱惑的《こわくてき》な笑みだ。

「それはもちろん、きみが驚く姿を見たかったから、かな」

彼の言葉に、その場にそろっていた家族が皆、一斉に笑う。

正しくは、ララ以外の全員だ。

「うう……、そんなの、もっと早く教えてくだされればよかったのに……」

「断られたら困る」

「断りません！　だって、わたしはセシルのことが大好きなんですよ？」

きっと、彼に直接言うのはこれが初めてだ。

考えてみれば、ララも自分の気持ちを伝えていなかったのだから、セシルが結婚の意志を明かしてくれなかったのを責める筋合いはない。

「え……？」

いつもは何を言われても動じることなく、飄々《ひょうひょう》と受け流してしまうセシルが、誰の目にも明らかなほど硬直している。

表情がこわばり、みるみるうちに頬がうす赤く染まった。

「セシル？」

「いや、待ってくれ。そんなことを言ってもらえるとは思ってもみなかった……！」

右手でひたいを押さえる彼が、感極まったかすれる声でつぶやく。

「だ、だって、セシルがどういう気持ちかわからなかったんです」

「俺は、今までどの候補者に対しても興味なんてなかった。結婚は、自分とは縁遠いものだと思っていたし、誰かを好きになれる日は来ないと思ってた。それを、きみが」

きみが、変えたんだ。

ふたりがもじもじと赤面するのを、家族が温かい目で見守る。

双方の気持ちが固まっているのなら、正式な婚約にはなんら問題がない。

「彼女の素直さと、物事の本質を見極める目に、私は救われたのだと思います。すばらしいお嬢さんを育ててくれたご家族にも、心からお礼を申しあげます」

セシルが頭を下げる。

「殿下、どうぞ頭を上げてください。私たちも、小さなララが幸せな結婚をすることを、とても嬉しく思っています。娘をよろしくお願いします」

「はい。神に誓って」

・・・・・・・・・・・・・・・・・・・・・

ぎい、と扉が軋む。

ララが使っていた部屋は、以前のまま残っていた。

扉の建付けが悪いのは、ここで暮らしていたころと同じだ。

「かわいらしい部屋だ」

「子どもっぽいとおっしゃりたいんでしょう」

彼は何も言わずに、ぽんとララの頭に手を置いた。

もとはレモンのような明るい色だったカーテンは、洗濯を繰り返した結果ベージュに近い色味になっている。

古い棚には、幼いころに母が作ってくれた人形が置かれ、その隣に海辺で拾ったガラス片やきれいな貝を入れた容器。

小さな書棚には、兄や姉たちがくれた本が詰まっている。

冒険ものから恋愛ものまで雑多なジャンルが並ぶのは、ララがなんでも読む子どもだったからだ。

「ほんとうに、この部屋に泊まるんですか？」

「きみが嫌でなければ」

「わたしは構わないです。ただ、セシルには寝台が狭いかと」

宮殿に設置された寝台は、左右寝返りが打ち放題である。

それに比べて、ララの使っていた寝台にふたりで寝るとなれば、ほぼ身動きは取れない。

「逆に、密着して寝る練習になると考えたらどうかな」

「！　すごいです。セシルは、物事を柔軟に考えられる人ですものね」

「きみが言いそうなことを考えてみたんだよ」

「わたしって、セシルにはそう見えるんですか？」

「そうだよ。小さなお嬢さん」

「あ、もう！　婚約者になるんですから、子ども扱いは……」

やめてください、と言いかけて、ララは考える。

別にイヤなわけではない。

彼がララより九歳上なのは事実だし、一生年齢で勝つ日は来ないのだ。

「嫌？」

ひょいと顔を覗き込まれて、首を横に振る。

白金髪がさらさらと揺れた。

「イヤじゃありません。うふふ、わたし、いつもいちばん年下だったので、子ども扱いされることにわりと慣れているんです」

「そういう意味では、俺も末っ子だからな。もっとお兄さんぶった感じを心がけたほうがいいかい？」

「今のままのセシルが好きです」

自分から抱きつくと、彼が両腕でララをぎゅっとつかまえた。

——好きって伝えると、世界が変わる。

彼も同じ気持ちでいてくれた——と思ってから、ハッと顔を上げた。

言われていない。

結婚したいとは言われたけれど、好きだとは言われていないのである。

「どうしたの、ララ」

「セシルはわたしのことを好きだと思っていいんでしょうか？」

「え」

「結婚したいというのは、そういう意味だと思えるんですけれど、もしわたしの勘違いだったら困りますよね。恋愛対象として、好きになってくださったんですか？　それとも、結婚相手に都合がよかったんでしょうか?」

彼の好みは、ララよりもっと大人っぽい女性だと最初に聞いている。

「困った子だな」

「ひゃ!」

急に抱き上げられて、彼の首にしがみつく。

「きみが好きだ、ララ」

「……わたしも大好きです」

セシルは顎が細い。首も長く、そのため全体的に細身の印象がある。

——だけど、わたしは知ってる。セシルはしなやかな筋肉の美しく強い肉体の持ち主だわ。

小柄なララを軽々と抱き上げた彼は、寝台にたどり着くと、宝物を扱うようにそっと横たえてくれる。

「かわいいララ、隣で眠らせてくれるかな?」

「ええ、もちろんです!」

じゃれあう子猫さながらに、ふたりは敷布の隙間にもぐり込んだ。

上掛けを頭のてっぺんまでかぶり、鼻先を寄せ合う。

「セシルは甘い香りがします」

「香り? 石鹸《せっけん》の香りではなく?」

「もっと違う香りです。耳のうしろとか、首のあたり」

抱き合った体が、触れる部分の熱を上げる。

柔らかな乳房がセシルの胸板で軽く押しつぶされると、腰の奥にせつない疼きが湧き上がった。

「ん……っ……」

押し殺した小さな声に、彼が唇を求めてくる。

重なるキスと、敷布の上に広がる白金髪の波。

「今、俺の目の前にいるのは十八歳のララだ」

「はい、そうです」

キスの合間に、セシルが言う。

「だけど、この部屋には十歳、十二歳、十五歳――ずっと、きみがいたんだな」

離れては触れ合う唇が、触れるだけではもどかしいとわなないた。

もっと彼に深くあばかれてしまいたい。

心も体もつながって、甘い夜に溺れられたらいいのに。

――でも、ここはわたしの育った家で、今夜は家族も皆いるのだから。

大きな手が、ララの背中を撫でる。

背骨と肩甲骨のかたちを指腹でなぞっては、手のひらで包み込むセシルの動きに、いっそうせつなさがこみ上げた。

「ああ、もどかしいね」

かすれた声で彼がささやく。

「セシルも、ですか……?」

ララもまた、彼がほしかった。

「そんなかわいい声で俺を誘ってはいけないよ。それとも、きみの実家で、結婚前だというのにララが俺に抱かれているのと知られていいのかな？」

「！　そ、それは、あの……」

おかしなことではないと知っている。

まして、結婚を誓い、ノークス家の皆に祝ってもらっているのだから、ここで彼に抱かれても許されるのではと思う気持ちもあった。

「困った顔をするきみもかわいいな」

「お城に帰るまで、我慢でお願いします！」

「いいよ。その代わり、あとで利子をつけて返済してもらおう」

「はい！」

ぎゅう、と抱き合って、目を閉じる。

静かな夜の、幸福な時間が流れていく。

彼の鼓動に耳を傾けながら、ララは優しい眠りに落ちていった。

・・・・┃・・・・・・┃・・・・・

人生で二度目となる、ノークランドを発つ朝。

ララは少しだけ不安だった。

前回の旅立ちが、涙に濡れたことが理由だ。

しかし、隣にセシルが立っていて、ふたりが結婚を誓い合っている状況である。

父も兄も義姉も姉たちも、皆が笑って手を振ってくれる。

「ララ、今度はわたしたちが王都に遊びに行くわ」

「王都案内してちょうだいね」

馬車の扉に錠がかけられ、御者が御者台についた。

四頭立ての馬車が走り出すと、景色がゆっくりと流れていく。

実家に滞在したのは二日間だが、もっと長くいたような気がする。

――セシルとほんとうにふたりきりになるのが、久しぶり。

「どうしたの、かわいい顔をしてこっちを見てるけど。俺を誘ってくれてるのかな?」

「えっ!」

自分がどんな顔をしていたのかわからず、反射的にララは両手で頬を挟んだ。

「誘うような顔でしたか?」

「少しね」

「無意識に、そんな顔をしちゃうだなんて」

家族は大切だ。

けれど、セシルとふたりきりで過ごしたいと思ったのも事実で。

思いが通じ合ってからの二日間を、もどかしい気持ちで送っていた。

ララはそっと手を伸ばし、彼のフロックコートの裾を握る。

「……そうかもしれません」

「ララ？」

「わたし、セシルとふたりきりになりたいって思っていました。もちろん、家族は大事なんです。それはほんとうで、だけど……」

わかっているよ、と彼が微笑む。

長く美しい指が、布地を握るララの手をつかんだ。

「今夜は添い寝では済まないから、安心して」

「……っ、安心、しておきます」

王都までの道のりを、ララは緊張しながら揺られて帰った。

安心できてはいないけれど、期待は夏の入道雲のようにむくむくと膨らんでいた。


宮殿に到着すると、ファルティとルアーナがすごい勢いで駆け寄ってくる。

「ララさまおかえりなさいませ！」

「ララさま、お待ちしておりました！」

——え？　お姉さまたちが乗り移ったの？

そう勘違いするのも無理のないほど、侍女たちは双子のように声をそろえてララを歓迎してくれた。

「『ご婚約おめでとうございます！』」

「！　もう知っていたのね!?」

話によれば、出立の前にセシルが国王に婚約の意志を伝えていたそうで、知らぬはララばかりだったらしい。

「すごい！　セシルはこんなステキなサプライズを用意していてくださったんですね！」

ぱあっと明るい表情で振り返ると、彼は一瞬困ったように眉尻を下げる。

「あら？　違ったんですか？」

「いや、違わないよ」

「でも、今ちょっとお困りでしたよね」

「うーん、困っていたというのも少し違うかな。俺は、きみが拗ねるかもしれないと想像していたんだ」

セシルの言葉に、ララは状況が呑み込めずに瞬《まばた》きを繰り返す。

──どうしてわたしが拗ねるのかしら？　セシルがわたしと結婚したいと陛下に伝えて、拗ねる理由があるのかしら？

「先にわたしに言ってくれなかったから、ということですか？」

「まあ、そうだね」

「うふふ、大丈夫です。だって、『好き』を伝えてくださったのはわたしが最初でしょう？」

「……………そのとおりだ」

黒髪をかき上げる彼のほうが、少々拗ねた表情をしていた。

「きみはいつも、俺の想像を軽く飛び越えてしまう。そういうところも、好きだよ」

「これからもがんばります！　脚力には比較的自信があるんです！」

第二王子とその婚約者候補は、宮殿の前で楽しそうにじゃれ合っている。

それを見下ろしている男の目線にも気づかずに――


「た……っ……食べ過ぎたわ……！」

夕食を終え、居室に戻ったララは窓にもたれかかる。

二日ぶりの宮殿。

料理長は、腕をふるって豪華な食事を準備してくれた。

愛情には愛情をもって応える。

これは、ララは十八年の人生で学んできたことのひとつだ。

料理は愛だと、父は言った。

農作物を作る人の愛であり、動物を狩る人の愛であり、料理を作る人の、皿を洗う人の、料理を運ぶ人の、すべての人の手をわたる愛なのだ。

テーブルいっぱいに盛りつけられた愛情を、ララはしっかりと受け止める。

――とはいえ、今日はさすがに愛情過多というべきかしら。

侍女たちが下がったあと、胃の重さに思わずため息をついた。

もとがほっそりした体型なので、食べ過ぎると覿面《てきめん》に胃が膨らむ。

入浴までに、少しでも消化しておかないとつらいかもしれない。

なにしろ、今夜はセシルと過ごすのだから。

――前もってそういうことをすると約束していたのに、食べ過ぎでできませんなんて言うわけにはいかないわ……

バルコニーに風が吹き込む。

窓の外は、沈みかけの夕日に照らされていた。

少し散歩をしたらどうだろうか。

不意に浮かんだそんな考えに突き動かされ、ララは外套《がいとう》を羽織る。

食べすぎて腹ごなしのために散歩をしていると知られるのは恥ずかしい。

フードを深くかぶると、目立つ白金髪も隠せてちょうどよさそうだ。

いっそうあやしげな格好になりつつ、ララは居室をあとにした。

旧宮殿を出て、いつもよりキビキビと両手を振って歩く。

なるべく人目につかない、王立騎士団の詰め所近くにある中庭の噴水を目指した。

バラの温室へ行く途中にあり、騎士たちが二十四時間出入りするため、夜になっても周囲に明かりが灯《とも》る場所だ。

天使の中庭と呼ばれるのは、噴水の中央に天使像があるからだろう。

目元まで隠れるほど深めにかぶったフードのせいで、視界が狭まっている。

「いち、に、いち、に」

両手を振って、腿を高く上げて。

およそ、貴族令嬢らしからぬ歩き方は、セシルにはあまり見られたくない。

小さな噴水の周囲を、ぐるぐる何周も歩きつづけて、気づけば辺りはすっかり暗くなってきていた。

「ララ？」

――えっ、この声は！

顔を上げると、視線の先に立っていたのはセシル――ではなく、彼の兄のクロードだ。

「ああ、がっかりさせてしまったね。弟と間違えたかい？」

「す、すみません。声が似ていらっしゃったので」

ひゃあ、と小さく声をあげ、ララはフードを脱ぐ。

「こんな遅くに、ひとりでどうしたんだい」

「夕食を食べすぎてしまいましたので、運動を、と……」

腹ごなしとは言いがたく、ララは言葉を選んだ。

「正式に婚約する予定だと聞いた。きみは、セシルにとって特別な女性ということか」

「ありがとうございます。特別でいられるよう、がんばります！」

かすかににじむ暗い響きに気づかぬまま、ララは胸の前で拳を握りしめる。

「きっと、そういう明るさが弟の心に触れたんだろう」

「明るさ、ですか。では、いつも笑っているように心がけます」

「そして、鈍さが」

ぐい、と右手首をつかまれる。

「今まで、どんな女が来てもセシルは結婚できなかった」

間近で目を覗き込まれて、ララは息を呑んだ。

「何を――」

――なんて冷たい目をしていらっしゃるの……？

王族との顔合わせのときも、偶然中庭で会ったときも、ララはクロードをよくわからない人だと思っていた。

もしかしたら、あまり兄弟仲はよくないのかもしれない。

そう感じていた自分の勘は、正しかった。

「セシルが結婚できないよう、僕がいつも手を回していたというのに。きみはどうしようもなく鈍感で愚図《ぐず》で、人の意図がわからない女のようだ」

「クロード殿下、おやめください……っ」

手を振り払おうとしても、男の力でつかまれては逃げようがない。

――セシルが結婚できないように？　手を回すって、どういうこと？

「きみのドレスや装飾品を盗んだのも僕だ。疑いもしなかった？」

「なっ、なんでそんなことを……！」

まさか王族の彼が金に困って売り払うわけがない。だが、王太子妃に着せるとも考えにくいし――

「あら？　クロード殿下、肩口に白粉《おしろい》が」

それだけではない。彼からは、女性用の香水が香ってくる。

ハッと気づいて、ララはクロードを見上げる。

――もしかして……？

「クロード殿下は、女性のドレスを着るのがお好きですか？」

「なっ……！」

それまで優位一方だったクロードが、突然動揺した表情を見せた。

なんとなく思いついただけだったものの、何かしら彼の真実にかすめるものがあったのだろうか。

「そ、そんなわけないだろ。僕は王太子なんだぞ」

「王太子だと、女性のドレスを着たくなってはいけないんですか？」

「いけなく……ない……？」

一瞬、彼の手から力が抜ける。

――今だ。逃げなくちゃ。

しかし、すぐにクロードも気づいて、いっそうきつくララの手首を握り直した。

「そんなの、どうでもいい！　とにかく、セシルが結婚できないように今まで邪魔してきた僕の努力を、簡単に無駄にはさせないぞ！」

「邪魔、を？」

「そうだ。僕が邪魔してやったんだ。結婚しなければ、王位継承権は手に入らないからね！」

これまで五十五人の婚約者候補が破談になっていた理由の一端が見えた気がする。

「だが、気づいたんだよ。きみは弟を変えたと言われている。ならば、今までのように破談を繰り返すのではなく、正式な婚約が決まってからきみを、ララ・ノークスをこの宮殿から追い出せばいいとね」

「！　それは、どういう……」

「きみは既婚者である第一王子の僕を誘惑しようとして、失敗するんだ」

――わたしが、クロード殿下を誘惑⁉

驚きのあまり、声も出ない。

ララは薄明かりの中で、クロードをじっと見つめた。

深淵《しんえん》のような瞳は、見る者をひどく不安にさせる。

「わたし、そんなことしません」

「機を見計らっていたんだよ、ララ。けれどきみはとても浅慮だ。何もせずとも、ひとりでこんなところまでのこのこやってきて、僕につかまってしまった」

「声を、出しますよ！」

「出せばいい。僕はきみに誘惑されたと人に言う。それだけのことだ」

「わたし、そんなことしていません！」

「するんだ。実際にしていなくとも、婚約者の兄とふたりきりで人目を忍んで逢瀬《おうせ》しているとなれば、きみの罪は決まったようなものだからね。それとも、キスのひとつくらいしてやろうか。誰かが運良く目撃していれば、証言してくれるだろう」

こんな場所に、運良く誰かが通りがかるだろうか。

騎士が騒ぎを聞きつけてやってくる可能性はあるけれど──

周囲に目を向けたララは、クロードの従者が木の陰からこちらを伺っているのを見つけた。

──クロード殿下は最初から、計画していたの？　これでは、言い逃れができないわ。わたしが誘惑したのではないと言っても、セシルのお兄さまとキスしていたと言われたら……

ララは必死で自分の心を落ち着かせる。

小さく深呼吸をし、クロードの目を見ないよう視線を足元に落とした。

──とにかく、この手を緩めてもらわないと。それから、絶対にキスはされないようにして。

つま先の細い靴と、クロードの編み上げの長靴《ちょうか》をじっと見つめる。

彼の靴は頑丈そうで、ララに比べて動きやすいだろう。

走って逃げたところで、勝敗は目に見えている。

──だけど、革製の靴だわ。つま先の細いところで思い切り脛《ずね》を蹴りつけたら、痛みにしゃがみ込んでしまうのではないかしら？

右足をうしろに振り上げて、思い切り踏みつけるところを想像する。

蹴るのと踏むのは、どちらが効果的か。

「怯《おび》えているのかい。きみが不貞行為をはたらいたことで、キャクストン公爵は困った立場に追い込まれるだろう。心配はいらない。僕がうまく助け舟を出しておくから──」

「えいっ！」

クロードの声に耳を貸すことなく、ララは思い切りクロードの脛を蹴りつけた。

靴のつま先の細くなった部分が彼の脚にめり込む。

「ぐぎッ！　おまえ、何を……！」

思ったとおり、クロードの手が緩んでララは自由になる。

そのまま走り出そうとしたところを、外套の裾をつかまれ、ふたりそろってもつれあうように転倒した。

――冷たい！

ばしゃん、と大きな音がして、ララとクロードは噴水の中に倒れ込んでいる。

「クロード殿下！」

慌てた従者の声と、クロードが低くうめいた。

――逃げなきゃ。だけど、脚が……

転倒した際にひねった足首が、重い痛みでララを縫い留める。

「この、田舎女が！　この僕になんてことを！」

「きゃあッ！」

立ち上がりかけたところを突き飛ばされ、ララは再度水の中に背中から倒れた。

したたかに腰を打ち、一瞬意識が消えかける。

――ダメ、しっかりして！　逃げるの。わたしは、セシルのところに帰って今の話を伝えなきゃ。

これまでの婚約者候補たちが宮殿を去っていったのも、おそらくクロードが一因だ。

彼はなんらかの方法で、婚約者候補たちが破談にするよう仕向けていたに違いない。

「クロード殿下、ご無事ですか？」

駆けつけた従者が、尻もちをついたクロードに手を差し伸べる。

這々《ほうほう》の体《てい》で噴水から石畳に立つララは、靴が片方なくなっていることに気がついた。

水の中に落としてしまったのか。

――セシルが買ってくれた靴が！

噴水を覗き込もうとしたところ、目の前にぬっと槍先が突き出した。

「動くな！」

言われるまま停止した――というよりは、恐怖に体が硬直し、ララは呼吸すらも止める。

「クロード殿下に何をした！」

気づけば、ララは騎士たちに囲まれていた。

騒ぎを聞きつけて、詰め所から飛び出してきたのだろう。

「待ってください。わたしは何も……」

何もしていないどころか、ララは完全に被害者だ。

しかし、王族に暴力をはたらいた現場を目撃されたも同然の状況で、何をか言わんやという話だ。

「その女を捕らえよ！　この僕に狼藉《ろうぜき》をはたらいた！　王族に対する殺人未遂だ！」

両腕を屈強な騎士につかまれる。

「待って、わたし、そんなことしていません！」

「うるさい！」

怒鳴りつけてきたクロードは、前歯が折れて口の周りが血まみれだ。

噴水の中に倒れ込んだときに、天使像にぶつけてケガをしたのかもしれない。

この姿を前にすれば、彼が殺されかけたかどうかは別としても、ララが暴行したと疑われるのは当然だ。

武器も持たない、年下の女性が？

――ありえないわ。きっと、すぐに真実が詳《つまび》らかにされるはず。

濡れて重いドレスの裾を引きずりながら、ララは騎士に両脇を固められてどこかへ連れていかれる。

どこへ行くのか、誰も教えてはくれない。

この先、自分がどうなってしまうのか。

見上げた空に、白く丸い月。

美しい月は、他人行儀に月光を放つ。

――セシルはどう思うかしら。わたしがクロード殿下を暗殺しようとしたなんて、信じないでほしい。そんなこと、するわけがないんだもの。

そして、ララが連れていかれた先は――

第四章　恋を知らなかった王子はたったひとりの花嫁を溺愛する

「彼女と話をさせてほしい」

セシルは静かに兄を見つめる。

顔に包帯を巻いたクロードは、長椅子にふんぞり返って鼻で笑った。

「彼女って？　僕に暴力をふるった犯人のことか？」

夜になって、事件が発覚した。

ララが不敬罪で投獄されたというのだ。

だが、誰も詳細を語らない。

ならば、被害者を名乗るクロードに確認するのが早いのはわかっている。

――兄が、真実を語るかどうかは別としても、だ。

「暴力をふるったというが、具体的にどういう状況なんだ。ララは兄上よりもずっと小柄で力もない。どうすればあなたに暴力をふるうことができるというのか」

「女とは恐ろしいものだよ。セシルにはわからないかもしれないが、彼女だってあんな純真そうな顔をして、僕に迫ってきたんだ。既婚者である僕を第一王子と見込んで、色仕掛けをたくらんだ」

――そんなはずがない。ララは権力にも金にも地位にも名誉にも興味のない人だ。彼女の興味の先は、せいぜいがおいしい食事か焼き菓子か……

「ララはそんなことをする女性ではない」

「そんなことをする女だった。愚かなおまえが気づいていなかっただけだよ、セシル」

長椅子にふんぞり返った兄は、目尻にいやらしい笑みを浮かべていた。

「彼女から直接話を聞きたい。とにかく、一度会わせてほしい」

「無理を言うな。王族に暴力をふるった者だぞ。昼まではおまえの婚約者だったかもしれないが、今は罪人だ。不敬罪で、状況によっては死刑かもしれない」

「彼女はキャクストン公爵の養女だと知っているだろう？　正式な裁判もなく、死刑だなんて軽々しく口にするな！」

必死にこらえていた怒りが、彼女を思うあまり語尾ににじむ。

けれどクロードは、そんなセシルを見て満足そうに微笑んでいる。

間違いなく、これは兄の描いた絵だ。

計画どおりにことが運んで、さぞ満悦しているに違いない。

――ララは、無事なのか？

「もし無罪放免となったとしても、一度は僕に暴力をふるったとして投獄された女だ。到底、王族の妻に迎えるにはふさわしくないだろうね」

「それを狙っていたのか？」

「狙う？　僕が？」

「兄上が今まで俺の縁談を邪魔していたことは知っている。今までそれに甘えてきた。だが、ララはほかの候補たちとは違った。彼女が俺にとって特別だと気づいたからこそ、兄上もララを追い出すのではなく、よりダメージの大きい方法をとった。だが――」

自分を落ち着かせるため、セシルは一度言葉を区切る。

しかし、どうしたって落ち着けるはずがないのだ。

初めて恋した女性を、兄が罠にかけた。

――絶対に、許しはしない。

「それが、どれほど俺を怒らせたか、今さら後悔しても遅い」

「な、なんだ。暴力か？　おまえが僕を殴ったら、あの女に悪影響を受けたと――」

兄の顎を右手でつかみ、セシルは耳元に顔を寄せた。

「黙れ」

「ヒッ……」

「兄上、俺は暴力なんて面倒だ。やるなら、今すぐあんたを殺してやりたい」

王子としてふさわしい言動でないことは承知の上だ。

殺しはしない。

けれど、本音を言えば殺してでもララを取り戻したい。

「そうしたところで、ララにかけられた嫌疑を晴らせないことを知っている。だから、彼女に会わせてほしい。嫌ならば、今すぐ俺に縊《くび》り殺される覚悟はあるんだろうな」

「わ、わかっ……わかった。わかった！　そこまで言うなら、面会できるよう僕が取り計らってやる。だから、そっ、その手を離せッ」

クロードの望むとおりに手を離すと、セシルは優雅にハンカチで右手を拭う。

その口元には、薄く笑みが浮かんでいた。

「それで、面会はいつできる？　今か、それとも」

「今は無理だ。彼女の罪について、これから審議が行われる」

「俺を騙すなら相応の覚悟をしてもらうけれど……」

「わかってるッ！」

長椅子から立ち上がったクロードは、脱兎のごとく部屋を出ていく。

扉を閉めるとき、彼は忌々しげにこちらを振り返って舌打ちをひとつ残した。

ひとりになったセシルは頭を横に振って、鬱陶《うっとう》しい前髪を散らす。

アーチ型の窓の向こうに、しんと静まり返った夜が満ちている。

――ララは、どこに。

騎士団が連れていったというからには、投獄先はいくつか見当がついていた。

だからといって、セシルが強引に乗り込んで今すぐ事態を収拾できるわけではない。

「……くそッ」

右手をきつく握り込み、壁に叩きつける。

低く鈍い音が響き、同時に骨が軋んだ。

この程度の痛みはなんてことない。

ララは、泣いていないだろうか。

怯えてセシルの名を呼んではいないだろうか。

――どうして、ララを。

兄が自分を憎んでいることは知っていた。

知った上で放置してきたのは、自分だ。

クロードの悪意に振り返っていれば、彼は満足していただろうか。

ララを、苦しめずに済んだのだろうか。

「絶対に、取り戻す。少しだけ待っていてくれ、ララ」

夜に吸い込まれた声は、ララのもとには届かない。

強く握りすぎた手のひらに、ギリ、と爪が食い込んでいる。

肉体の痛みは遠く、彼女を想う胸は切り裂かれるように鋭痛が続いていた。

・・・・・|・・・・・・・・・・|・・・・・・

――はあ、お腹が減ったわ……

夜が明けて、小さな明かり採りの窓から陽光が射し込む。

目隠しをされて連れてこられたけれど、今自分がいる場所がとても高い位置にあることは間違いない。

昨晩、クロードの策略によって投獄されたララは、移動の間に百五十段もの階段を上った。視界を奪われているからこそ、歩数に意識が向く。

百五十段。

おそらく、宮殿にある尖塔のかなり上の部屋なのだろう。

石壁で閉ざされた狭い部屋に、古い寝台と小さな机、隣接された小部屋には、バスルームまで準備されている。

こんなところに浴室を作るだなんて、酔狂もいいところだ。

——昨晩、入浴前だったからありがたいことね。

朝になって早速、バスルームを使った。

こんなに設備が整っているということは、もしかしたら身分の高い人を拘束していたのではないだろうか。

よく見れば、調度品も古くはあるがきちんと手入れをされた上等なものばかりだった。

「うん、思ったより快適に暮らせそう！」

クロードの罠に落ちてなお、ララは絶望してはいなかった。

重そうな金属の扉は、鍵がかかっていなくてもララひとりでは開けられそうにない。

横長の長方形をした窓は、ララの身長の倍もありそうな高い位置にあって、今が日中か夜かを見分ける程度にしか役立たない。

それでも、自分がここから出られると信じている。

どう考えても、武器も持たない小柄なララがクロードに暴行をはたらくとは考えにくいからだ。

――セシルなら、きっとわかってくれる。

くう、きゅるる、とお腹が鳴る。

こんなときでも、ララの腹の虫はとても健康らしい。

ところで大問題は、食事を届けてもらえるかどうかである。

それとも、不敬罪で幽閉されたララは、このまま餓死させられてしまうのだろうか。

「そんなの絶対イヤ！」

がばっと顔を上げ、ララは窓を見上げる。

石壁に指先で触れてみたが、明かり採りの窓までよじ登るのはかなり厳しそうだ。

もし登れたとしても、尖塔の外壁を無事に地上まで下りていけるとは到底思えない。

ならば、せめて体力は温存しておこう。

ララは寝台に横たわり、静かに目を閉じる。

不安がないと言えば嘘になるけれど、今ここで考えたところで解決できないことを考えつづけるほどララは愚かではなかった。

――風の音が聞こえる。

地上から遠く離れていると、空気が少し薄く感じた。

そのせいなのか、いつもと聞こえてくる音が異なるように思う。

――こうしてひとりぼっちで時間もわからない部屋にいると、今までの二カ月が夢だったように思えてくる。わたしは、ほんとうに宮殿でセシルと過ごしていたのかしら。

目まぐるしい日々だった。

一日一日をとってみれば、平凡でのどかな毎日。

けれど、やはりこの二カ月はそれまでのララの人生とはまるきり違う、華やかな世界だったのだ。

初めて宮殿でセシルに会ったとき、彼はひどく冷たかった。

微笑こそ見せながら、セシルはララに名前すら名乗らせてくれなかったのを思い出す。

美しく麗しく、誰もを魅了する物憂げなまなざし。

それでいて、すべてを遮断し、孤独を愛する青年に思えた。

――わたしは、毎日おいしい食事ができることにばかり夢中になっていたのよね。

余計なことを考えたせいで、またもお腹が鳴る。

焼き菓子、ふかふかのパン、名前も知らないソースのかかった肉に、骨まで取り除いた食べやすい魚、色とりどりの野菜に、やっぱり焼き菓子、デザートの果実――

「うう、よくないわ。こんなに食べ物のことを考えてはいけないとわかっているのに……」

二カ月で、ララの舌は贅沢になった。

舌だけではない。

心も、ずいぶん甘やかされている。

好きな人に会えるのが当たり前だと思っていた。

彼の隣にいられることを、疑いもしなかった。

――セシルに、会いたい。

彼はきっと心配しているだろう。

正式に婚約すると決断してくれた直後に、ララがクロードへの不敬罪で投獄されているのだ。

セシルの立場だって危うくなってもおかしくない。

はあ、と長いため息をついて、寝返りを打ったそのとき。

金属の軋む不快な音とともに、重い扉が開かれる――

「え……？」

慌てて寝台から立ち上がったララの目に、ファルティとルアーナの姿が映った。

「ファルティ！　ルアーナ！」

「ララさまっ」

「ご無事でいらっしゃいましたか⁉」

ファルティは両手に大きなバスケットを提げ、ルアーナは重そうなティーセットを運んできた。

見知った顔を前に、突然鼻の奥がツンとするのを感じた。

泣いてはいけない。

今、ララが泣いたらふたりが心配する。

「余計な口をきくな！」

侍女たちと一緒に来たらしい騎士が、低い恫喝で空気を震わせた。

びく、と肩を震わせたララに、バスケットを床に置いたファルティが駆け寄る。

「心配いりませんよ。かならずセシル殿下が助けてくださいますからね」

耳元で小さく聞こえたファルティの声に、ララがうなずく。

「そちらこそ、女性の部屋に立ち入るなんて正気ですか？　ララさまはセシル殿下の婚約者なんですよ！」

大声で騎士に怒鳴り返したのはルアーリだ。

ティーセットを持ったまま、感情的に声を荒《あら》らげる。

ララもたいがい怖いもの知らずだが、ルアーナも堂に入ったものだった。

「まだ正式な婚約者ではないだろう」

「あら、だったらセシル殿下にそう仰ってみては？」

「ぐ……、し、しかし彼女はクロード殿下に暴行を……」

「裁判は終わったのですか？　それこそ、まだ何も正式な処遇は発表されていないはずです」

「わかった！　わかったから、そう怒鳴るな」

「わたしたち、これからララさまのお食事の準備や、お体を清める作業をするんです。殿方が部屋にいていいわけが――」

「扉の向こうで待つ。これでいいだろう！　まったく、なんて気の強い侍女たちだ」

言い負けた騎士が、扉を閉める。

――ルアーナって、すごい……！

思わず拍手を送りたくなるほど、ララの侍女は強かった。

「はあ、騎士ってほんとうに頭が固くてイヤになりますね、ララさま」

先ほどまでの剣幕はどこへやら、ルアーナはにっこり笑う。

「あなたの声の大きさもどうかと思うけど？」

「腹から声を出すのはケンカの基本よ？」

幽閉されている身だというのに、ララは声をあげて笑った。

ほんとうに、最高の侍女たちだ。

自分にはもったいないほどの、すばらしい彼女たち。

「ありがとう、ファルティ、ルアーナ」

「ララさま」

「ほんとうに、ありがとう……」

こらえていた涙がこぼれると、嗚咽が堰を切る。

絶望なんてしていない。

こんな場所にいたって、自分は自分。

そう思いたかった。思えると信じていた。

けれど、ほんの一夜ですら孤独はララを苛《さいな》む。

不安でないはずがないのだ。

この先、どうなるかわからない状況に空腹が重なって、いっそう恐ろしくなっていた。

――だけど、わたしはひとりじゃないわ。

「大丈夫ですよ。まずは腹ごしらえをいたしましょう。料理長がこっそり、焼き立てのパンを持たせてくれました。冷める前に召し上がってください」

「ええ、もちろんいただくわ」

冷たい石壁の室内に、バスケットからこぼれる甘いバターの香りが広がっていく。

小さな机に白いテーブルクロスをかけて、ファルティが食事の準備をしてくれる。

「ララさま、温かいお茶もありますよ。体を温めましょうね」

「まあ！　嬉しいわ。重かったでしょう。ありがとう、ふたりとも」

「簡単な着替えと寝間着とひざ掛けも持ってきていますからね。パンが冷める前に急ぎましょうか」

「ありがとう」


着替えをして、食事を終えると、やっと人心地ついた。

まだ温かいお茶を飲みながら、ララはふたりに尋ねる。

「わたしは、不敬罪で投獄されたということで間違いないのよね？」

ファルティとルアーナは顔を見合わせ、苦虫を噛み潰したような表情でうなずいた。

――だとしたら、裁判なんてなしに処刑されてもおかしくない。

もちろん、そうならないでほしい。

ララだって長生きしたいし、結婚して家族を持って、セシルを幸せにしたいと強く願っている。

「ですが、今の時点ではクロード殿下の一方的な証言しかありません」

悔しそうなファルティが、奥歯をぎり、と噛みしめた。

「クロード殿下の従者や騎士団の方々が証人なのではなくて？」

「セシル殿下が、矛盾を追求していらっしゃるのです。クロード殿下は、前歯を折って怪我をしているのは事実です。けれど、ララさまが何も武器を所持していなかったことや、暴力をふるわれるところを誰も目撃していないこともあって」

実際、暴力をふるったというわけではないので、それを目撃した者がいないのは当然の結果だ。

――クロード殿下が手を回していると想像していたけれど、そこまではないのかしら……？

首を傾げるララの手を、ルアーナがぎゅっと握ってくる。

「いざとなったら、わたしが身代わりとしてここに残ります」

「え、えっ？」

「脳まで筋肉でできている騎士なら、きっと気づきません！」

「それは無理があると思うわ」

「なせばなると申します」

「ありがとう。気持ちだけ受け取らせて、ルアーナ」

「ララさま……」

まだ納得しない表情の侍女に、ララは微笑みかけた。

こんなにも自分に尽くしてくれる彼女たちに、胸が感謝の気持ちでいっぱいだ。

――わたしは幸せ者ね。不敬罪だと言われても、彼女たちはわたしの言葉を信じてくれる。それどころか、身代わりまで買って出てくれるだなんて。

「ルアーナを身代わりにしてここから出たところで、わたしは幸せになんてなれないの。だってあなたたちは、わたしの大切な侍女なんですもの」

「そんな、ララさま……！」

畏れ多いとばかりに、ふたりが頭を下げる。

こんな塔の上まで、荷物を運んできてくれる侍女がほかにいるだろうか。

最初は、ララが婚約者候補から脱落したら働き口がなくなると言っていたファルティとルアーナだが、今ではかけがえのない存在だ。

彼女たちのためにも、ララは容疑を晴らさなければいけない。

――このままわたしが処刑されたりしたら、ふたりにも被害が及ぶかもしれないわ。

だが、いったいどうやって自分が無罪であると証明すればいいのだろうか。

「そうだわ。セシル殿下にお手紙を届けてもらえる？」

「ええ、もちろんです！」

「シーッ、外の騎士に聞かれては危険です。もっと声を小さく」

机の引き出しにあった古い紙を取り出し、固まったインクに残り湯を差して溶かしたもので、ララは急いで手紙をしたためる。

『セシルへ

わたしは元気です。食事もおいしくいただきました。

クロード殿下の誤解がとけることを願っています。

どうぞ無理はなさらないでください。

あなたのララより』

字が乱れないよう気をつけたけれど、どうしても手が震えてしまう。

自分で思うより、ララは精神的に不安定になっているのかもしれない。

「あら、愛しています、とか書かないんですか？」

「！　そ、そんなこと書けないわ」

「ララさまったら、殿下のことを気にするばかりで、助けてくださいと仰らなくていいんです？」

「いいの！　セシルは何も言わなくたって、きっとわたしを助けようとしてくれているもの。それより、無茶をしないか心配だわ……」

穏やかで、物憂げで、けれど内側に苛烈な情熱を抱えている彼を、ララはもう知っているのだ。

あの人が自分を放っておけるはずがない。

ならば、彼が無理をしすぎないでくれることを祈るばかりだ。

「そろそろ行かないと。騎士に怪しまれるかもしれません」

「そうね。来てくれて、ほんとうにありがとう。セシルにどうぞよろしくね」

無言でうなずいたファルティが、手紙をドレスの中に忍ばせる。

ルアーナは、水差しを抱えたまま目に涙をためていた。

「また来ます。それまで、お腹が減ったら残りのパンを召し上がってくださいね」

「ええ、大事に食べるわ」

金属製の扉を、ファルティがバスケットでゴンゴンと二回叩いた。

「もう済んだのか？」

「はい」

「出ろ。施錠する」

騎士は一度もララのほうを見ることなく、扉を閉める。

なるほど、たしかにこの様子ならララとルアーナが入れ替わっても気づかないかもしれない。

――だけど、侍女を身代わりにするなんてしない。わたしは、セシルを信じてる。誰も犠牲にせず、堂々とここから出ていくの。

閉ざされた塔の上で、ララはひとり両手を胸の前に組み合わせる。

石壁の部屋は、冷たい空気に満ちていた。

・・・・・┃・・・・・・・・・┃・・・・・

「父上もおわかりでしょう。彼女は他人を攻撃するような人ではない！」

新宮殿の遊戯室で、セシルは苛立ちもあらわに言い放つ。

誰にも聞かれずふたりきりで話をしたいと言ったところ、父は「たまには遊戯に興じよう」とセシルを誘った。

　チェスにカードゲーム、さまざまな楽器の並ぶ遊戯室は、三番目の王妃と結婚したときに改築した部屋だ。

「おまえの言いたいことはわかる。だが、クロードは実際に怪我を負っているだろう？」

「転倒すれば、歯の一本くらい折ります」

「しかし、折れた歯は元には戻らん」

　当たり前の話だ。

　だからこそ、クロードも大騒ぎしている。

「そもそも、あんな小柄な女性が兄上をどうやって襲うというんです。返り討ちにあうのがわからないほど、ララは愚かではありません」

「それもそうだ。だから、調査を行うということでは駄目なのか？」

　駄目だと即答したい気持ちを、セシルはぐっと噛み殺した。

　うら若き女性が投獄されて――今回は塔への幽閉ではあるが、その状況で何日も監禁生活に耐えられると父は本気で思っているのだろうか。

　ララは強い。

　心も体も強い。

　だからといって、孤独が彼女を苦しめないということにはならない。

　侍女が持ってきてくれた手紙から伝わるのは、彼女が食事に窮していないことと、今もセシルを心配してくれていること。

窮地に陥ってなお、自分よりも相手を慮るララの優しさと明るさが、セシルの背中を押してくれるのを感じていた。

――だが、ララ以外の女性だったなら、今の時点で倒れていてもおかしくないだろう。

「幽閉生活はララでも堪えると思います。どうぞ、少しでも早い解決を」

「わかっている。けれどセシル、今回の事件にはおまえの責任もあることを忘れてはいけない」

「……はい」

クロードとセシルの兄弟仲がもっと良い関係であれば、こんなことにはならなかった。

父は暗にそのことを指摘している。

兄が自分を憎く思う理由に、心当たりはあった。

最初の王妃にしてクロードの母は、流行り病で亡くなったそうだ。

クロードはまだ、たった三歳のときである。

すぐに二番目の王妃が宮殿へやってきたのには、彼の母親としての役割も担っていたからだ。

しかし、当時十六歳だった二番目の王妃はすぐに懐妊し、ひどい悪阻《つわり》でクロードと過ごすことはほとんどなかったという。

その女性こそが、セシルの母だ。

母はセシルを産んで命を落とした。

クロードは、たった四歳でふたり目の母を亡くし、宮殿内は生まれたばかりのセシルの話題でもちきりになる。

母を知らないセシルを、大人たちはたいそう心配した。

セシルだって、まだ母親を必要とする年齢だったのだが、赤ん坊のセシルは放っておけばそれだけで死んでしまうのだ。

結果として、セシルが優先されることが多く、クロードは孤独を深めていった。

それでも四歳差の兄弟だ。

ある程度成長すれば、一緒に遊べるようになるはずだったのだが、いかんせんセシルはあまりに美し過ぎた。

物心がつくころには、いつも周囲にセシルの美貌を褒め称える人間がいた。

同時に、セシルを睨みつけてくる兄の存在にも気づいていた。

母を亡くした兄弟同士、手に手を取り合っていけたらどれほどよかっただろう。

だが、セシルが兄を兄として認識したときには、すでにクロードは自分を嫌っていたのだ。

幼少時より他人に期待することを諦めていたセシルは、自分に集まる衆目が兄のものであればいいのに、と何度も思ったほどである。

クロードがどれほど努力をしても、大人たちの関心はいつだってセシルに集まってしまった。

なんにでも全力で取り組み、結果を出すクロード。

一を聞いて十を知る、麗しのセシル。

兄が劣っていたわけではない。

ただ、セシルの出来があまりによすぎただけのことだった。

そしてクロードには、その事実を受け入れられないほどに弟への嫉妬が募っていたのだろう。

今までの婚約者候補たちが、なんらかの理由で破談となっていたのが、クロードの手引きによるものだということもセシルは当然知っていた。

なんら対策を取らなかったのは、セシルにとっても縁談は面倒だったからだ。

自分の外見に興味を持つ者も、第二王子という肩書きに惹かれる者も、結婚に夢見ている者も、セシル個人を見ているわけではない。

なんのことはない話だ。

セシルは他人に期待しないと言いながら、心の奥底では誰より強い期待を抱いていた。

ほんとうの自分を見て、知って、愛してほしい――

幼子のような願望を満たしてくれたのは、この世でたったひとり、ララだけだ。

――だから、兄上はララを俺から引き離そうとしている。

王族という立場であるからこそ、簡単にララを解放させることはできない。

こんなひどい目にあって、さすがの彼女も音を上げることも考えられる。

もし、ララが塔から出てきたときに、もうセシルのそばにはいたくないと言ったとしても、仕方のないことだろう。

そのときには、恋を教えてくれた彼女を笑って見送る。

心積もりだけはある。

――だが、きっと無理だろうな。ララならば、どこででも幸せに生きていける。俺はそうではない。

俺は、彼女がいなければ……


余計なことを考えても、今の時点では何も判断できない。

とにかく、ララを救い出す。

セシルの目的ははっきりと定まっていた。

父の協力が望めないのならば、ほかの手を打つ。

ララの救出に手を貸してくれそうな人間には、心当たりがあった。


「別にいいのですけれど、やはり少々不可解と申しますか。いえ、彼女の救出に手助けが必要ということでしたら、わたくしが最適なのはわかりますが」

高飛車にも見える高貴な口調に、それにたがわぬ豪奢な金色の巻き毛。

リリアンナ・ティフォーネは、ハイダリヤ公爵家の応接間で彼女らしくない曖昧な返事をする。

「セシル殿下！」

横から呼びかけてきたのは、屈強な騎士団長、ニコラス・アドライズだ。

彼は先日、リリアンナと婚約し、年明けを待って結婚する予定と聞いている。

一度は婚約者候補となった女性に、助力を頼むのはセシルだって申し訳ないと思っていた。

しかも、現在の婚約者にも同席してくれるよう伝えた。

王族であるセシルのたっての頼みとなれば、騎士団長も公爵令嬢も断れない。

本来、こういった身分を使って人を動かすことに嫌悪感を抱いていたセシルだが、ララを助けるために手段を選んでいる余裕はなかった。

「此度《こたび》の事件、恐れながら私《わたくし》も疑問を抱くところであります。セシル殿下が婚約者どのを救出したいとお考えになるのも当然のことかと。できる限り、ご助力申し上げたいと思っておりますが、リリアンナまで関与するとなると――」

「ニコラス！　勝手にわたしを蚊帳《かや》の外にしようとしないでちょうだい！」

キリリと眉を吊り上げて、リリアンナが割って入ってきた。

候補者だった際、セシルは彼女と会話をしたことがほとんどなかった。

そのため、貴族気質の権威主義的な女性とばかり思い込んでいたが、そうではないとララから聞いている。

ララは、相手の長所を見つける天才だ。

ほかの誰かからリリアンナの魅力を語られても、きっとセシルはうなずかなかっただろう。

――だが、ララは彼女を信頼していた。勉強熱心で、自身の知識外の意見をただ排除するのではなく、検討する余地のある女性だと語っていた。

「セシル殿下、わたくし、リリアンナ・ティフォーネは、殿下の婚約者救出に協力させていただきます。僭越ながら、わたくしの婚約者の前で一点だけ誓わせてくださいませ」

「なんなりと」

「これは殿下の御為《おんため》ではなく、友人ララ・ノークスの身の潔白を証明するための助力でございます。

わたくしは、かつて殿下の婚約者候補だったことはございますが、それとはまったく無関係にララに親愛の情を抱いています。ですので、こちらからあらためてお願いいたします。わたくしに、ララを救出する手助けをさせてくださいませ」

気高き貴族令嬢なりの、婚約者ニコラスへの精いっぱいの誠意が伝わる言葉に、自分が今までどれほど周囲の人間を見ていなかったのかを思い知らされる。

——ララの言うとおりだった。

リリアンナは、噂好きの愚かな令嬢などではなく、自分の意見を持つひとりの淑女だ。

彼女の姿を見て、いかつい騎士団長が感動に目を潤ませている。

「リリアンナ……ッ!」

「鬱陶しい顔をなさらないでくださる？　わたし、友人を助けたいと言っただけですのよ」

こうして見ると、人間とはなんと愛おしいものだろうか。

「そんなことより、ニコラスも騎士団長としてほかの者にはできない力の貸し方があるのではなくて？　騎士たちを扇動してララを塔から外に出すとか、見張りにこっそりララを連れ出させるとか、そういうことは……」

「いや、それはララの嫌疑を深めることになる。まずは、情報を整理したい」

セシルは長椅子に座ったまま、顎に右手をやる。

彼女に協力を頼んだのは、まさしく情報を得るためだ。

「リリアンナ、あなたは私の婚約候補者だったとき、どういう理由で辞退したのか聞いてもいいだろうか？」

「……それは……」

令嬢は、かすかに目を泳がせた。

その態度ひとつで、セシルにはわかる。

何かしら理由があって、彼女は破談を望んだのだ。

しかもセシルには言いにくい理由で。

「あなたが何を言おうと、私が態度や考えを変えることはない。それよりも、王室にはびこる悪を摘出したいんだ」

おおよそのことは、把握している。

クロードは、セシルを結婚させたくないゆえに縁談がうまくいかなくなるよう手を回していたのだろう。それというのも、オルレジア王室では未婚の男性王族に王位継承権がない。

母親の異なるふたりの王子。

どちらが王になるか、なるべきか。

国民の興味が注がれるのは是非もない話だ。

セシルには、国王になりたいという気持ちはなかった。それに関しては今もない。

積極的になりたいと思わないことが、王位を忌避すると同義でないのと同じ程度に、セシルは玉座に対する執着を持ち得なかった。

――だが、兄は違う。

クロードが、セシルよりも優れていることを証明したいと考えているのは薄々感じるところがある。

そして、そのために彼がセシルの悪評を流しているのを放っておいたのは、自分の責任でもあった。

「それでは、失礼を承知で忌憚なく言わせていただきます」

「頼む」

リリアンナは、小さく咳払いをしてからまっすぐこちらに目を向ける。

その瞳が、ララを救いたいという彼女の願いを伝えてくる。

「クロード殿下は、セシル殿下のご婚約が成立するのを防ぐため、セシル殿下の悪評をそれとなく流していました。これは、候補者の耳に直接聞こえるように言うこともありますし、人づてに聞かせることもあります」

「俺が遊び人で、ひとりの女性では満足せず、数多《あまた》の女性を惑わせてきた、といったものか」

「概ねそのとおりです。気の弱い女性ならば、その噂だけで恐れをなして逃げ帰ることもございます」

彼女の言うことはわからなくない。

何より、セシルの外見はその噂を肯定してあまりあるほどに、色気の肯定感で満ちている。

「噂で逃げ出さなかった候補者に対し、クロード殿下が『弟がきみを追い出そうとしている。今ならばきみのほうから破談にしたことにできるから、逃げたほうが名前に傷がつかない』とささやくのです。その際、クロード殿下は女性の家になんらかの約束します」

「約束とは？」

「王室とのつながりです。建設事業への関与ですとか、商売の口添えですとか、場合によっては次の縁談をあてがうこともあると聞きました」

セシルが考えていたよりも、クロードは有力貴族と強いつながりを持っているようだ。となれば、ララを排除するのに荷担する者たちも多いだろう。

なにせ、ララはどの貴族とも深い縁を持たない。

キャクストン公爵のひとり勝ちを苦々しく感じる者は、クロードに協力する可能性が高くなる。

「……それと、これは確定ではないのですが」

「教えてほしい。ララを助けたいんだ。頼む」

両手を膝に置き、セシルは深く頭を下げた。

幼いころから、簡単に頭を下げるなど王族にあるまじき行動として教えられてきた身だが、そんなことはどうでもよかった。

ただ、ララを救いたい。その気持ちしかない。

「どうぞ頭を上げてください。これは、あくまで噂として聞いていただけますか？」

「ああ、約束する」

「候補者は、宮殿に滞在します。そのため、たくさんの荷物を運び入れます。その中には、当然ドレスや下着の類もあるのですが……」

気丈なリリアンナですら言い淀んだその先には、にわかに信じがたい行いがあった。

「まさか、そんなことが……」

ニコラスが、ありえないと言いたげに眉を上げる。

「いや、だが、たしかに……」

神妙に言葉を選ぶ騎士団長が、何を懸念しているのかセシルにもわかった。

「実際、わたしも何着が失くなったのです。ほかの子たちも……」

「そうか。兄はそんなことをしていたのか。俺への嫌がらせとは別に、調べなくてはいけないな」

――詳らかにしなければ。暴くべきではないかもしれない。しかし――

「かならず、事実を白日のもとにさらす。そのために、ニコラス、きみに頼みたいことがあるんだ」

セシルが騎士団長に頼んだことは――

・・・・・――・・・・・・・――・・・・・

空腹という敵は去った。

一日に一度、侍女ふたりが騎士の見張りつきで塔にやってきてくれるので、ララの健康は最低限保障されている。

――幽閉、投獄、裁判待ち。こんな状況でも、ちゃんと食事を与えてくれてお風呂も使える。オルレジア王国は文化的だわ。

やはり、ララの閉じ込められている場所は旧宮殿の西側に建つ尖塔だった。

不思議なものだが、日がな一日やることがないと、人間はひたすら眠りつづけることができる。

孤独を友にする覚悟をしていたのに、のんきに毎日睡眠時間を更新することになるとは。

「ふぁぁあ……」

寝台で寝返りを打ち、天井を仰いで大きなあくびをする。

二連続のあくびで、涙が頬を伝った。

手の甲で雑に拭うと、なぜかあとから熱い雫がこぼれてくる。

――え、どうして？

起き上がって、両手で頬を覆った。

紅茶色の瞳から、ぽろぽろ涙があふれ、喉の奥が引き攣るようにしゃくり上げる。

「わ、わたし、悲しくなんかないのに」

けれど、声は涙声で。

あくびの涙に誘われて、自分が泣きたかったのだと初めて気がつく。

――セシルに会いたい。ひとりでずっとこんなところにいるの、ほんとうはイヤ。結婚しようって言ってもらった。人生でいちばん幸せだって思ったのに、突然何もかもが変わってしまうなんてあんまりだわ。

「う、うっ、セシル、セシル、セシルぅ……」

泣き声にまぎれて、金属のこすれる音がした。

「ララ」

――わたし、こんなにセシルに会いたかったんだ。幻聴まで聞こえてくる。

「ララ、大丈夫だよ。来るのが遅くなってすまない」

「……セ、シル……？」

涙で濡れた目をこすり、顔を上げた先には――

「セシル……ッ」

考えるよりも早く、ララは駆け出していた。

狭い部屋だ。ほんの数歩で彼にたどり着く。

幻覚だったらどうしよう。

幻覚でもいい。

彼に会いたい。会いたくて、会いたくて、それしか考えられなくて。

抱きついた胸は、あたたかかった。

「きみが泣いているだなんて、想像もしなかった」

「こ、これは、あくびをしたら……」

「うん」

「悲しかったことに、気づいてしまったんです。わたし、セシルに会いたかったんです」

セシルの上着に涙が沁みていく。

彼の衣服を濡らしてはいけない。

頭ではそうわかっているのに、どうしても離れられない。

「……え、この服って」

いつものフロックコートではなく、セシルが着用しているのは騎士団の団服である。

「騎士団長に協力してもらって、変装して来た。俺はちゃんと騎士に見えるか？」

黒い艶のある髪と、青紫の色香あふれる瞳。

見上げた美しい婚約者を前に、ララはまたしても大粒の涙をこぼした。

「み、みえま……う、うう……」

「それはどっちなんだろうな。見えます、か。見えません、か」

冗談めかして笑う彼が、ララを抱き上げる。

少しも離れたくなくて、彼の頭を両腕でぎゅっと抱きしめた。

「こら、ララ。それじゃ前が見えない」

「だって、セシルとくっついていたいんです」

「こんなに甘えてくれるのは初めてだ」

体が上下に揺れる。

セシルが移動しているのだと気づいたときには、ララは寝台の上に下ろされていた。

「セシ、ル……？」

「話したいことはいくらでもある。だけど、悪いね。俺もきみと引き離されて限界だった」

甘やかに、青紫の瞳が淫靡な光を浮かべている。

その目を見つめていると、ララの体の奥に予兆が弾けた。

――キス、したい。

何も言えず、彼の白皙の頬に指を這わせる。

薄く開いた唇に、心が引き寄せられていく。
彼もまた、同じ気持ちでいてくれたのだろうか。
顎をつかまれ、性急にふたりの唇が重なった。
「ん、ぅ……っ」
わずかな隙間から舌が割り込んできて、ララの舌を搦め捕る。
――セシルのキス。あたたかくて、情熱的で、彼のことしか考えられなくなる。
離れていた時間を埋めるように、彼がねっとりとララを貪った。
舌を絡ませ、執拗に吸い上げ、その間にもドレスのボタンがはずされていく。
肩口に空気が触れても、ララは愛しい人にしがみついていた。
このまま、彼を感じたい。
キスだけではなく、あの夜、約束していたとおり、彼に抱かれたい。
――まだ、二度目なのに。
だが、一度知ってしまった快楽に、愛で濡れた体はひどく従順になる。
ぴちゃ、くちゅ、とふたつの唇の間から水音が響いた。
「舌を出して」
「は、い……。こう、ですか……?」
腰の奥がじんじんとせつなさに疼く。
下着で覆った下腹部が、早くも蜜に潤うのがわかる。

ちろりと出した舌先を、セシルがれろ、と舐め上げた。

「んっ……！」

体がびくりと震え、ララは高い声で喘ぐ。

「逃げるな。ずっときみがほしかった。ほしくてほしくて、気が狂いそうだった」

ララの舌を強く吸って、セシルが体ごと倒れ込んでくる。

しなやかな筋肉を感じさせる胸板で押しつぶされ、あらわになった乳房の先端がこすれた。

「っっ……、ぁ、ああ、やっ……」

「かわいい、ララ。きみを奪われてから俺は、片翼を奪われた気分だ」

もどかしげに上着を脱ぎ捨て、セシルがララの素肌に触れる。

長く繊細な指先が、まろやかな乳房の輪郭をなぞった。

「ああ、あ、セシル……ッ」

まだ先端には触れられてもいないのに、色づいた部分がはしたなく屹立している。

彼に愛されたくて、あやされたくて、乳首がきゅうとせつなく充血していた。

「俺に舐められたくて、こんなにいやらしく勃《た》ってしまったのかな」

舌が乳首にかすめるギリギリのところで蠢く。

「ひっ、ぁ、あっ、そこ、お願い……っ」

「舐めるのと、吸うのはどっちがいい？」

「どっ……ちも、どっちも、してくださ……ああぁッ」

ちゅう、と唇で食まれて、ララは白い喉をこれ以上ないほどそらした。

——気持ち、いい……！

両脚をピンと伸ばして震わせると、下腹部を撫でてセシルが下着を剥ぎ取ってしまう。

「ん、ぅ、胸、あ、あっ」

「もっと？」

「はぁ、気持ちぃ……っ、いい、です……ッ」

屹立した部分を吸って、舐めて、あやして、ララを吐息で狂わせながら、セシルの手が脚の間を撫でる。

は、はっ、と短い呼吸が狭い室内を佚楽《いつらく》で満たしていった。

「もう濡れているね。俺をほしがってくれているんだ」

「セシル、わたし……」

「いいよ。俺もきみがほしい。俺たちは、夫婦になるんだから」

中指と薬指が、ララの蜜口にちゅぷりと埋め込まれる。

「っっ……！　ぁ、あ、ああッ」

ぞりぞりと指腹で花芽の裏側をこすり、彼の指が根元までララの中に呑み込まれてしまった。

——奥、ひくついて、せつない……

「はは、指だけでこんなに食い締めてくれるのか。かわいい体だ。俺のを覚えてくれたのか」

「ち、違う、わたし……っ」

脚を大きく開かされ、胸をしゃぶられたままで隘路を刺激される。

すぐにララの体は快楽の果てへ追いやられそうになるけれど、セシルは容赦なく指による抽挿を続けた。

「あっあッ、や、んんっ……！」

「嫌なの？　こんなに感じているのに？」

「あああ、ぁッ」

手のひらで花芽を押しつぶされると、せつなさに腰が浮く。

「いや、じゃなっ、んっ」

「おいしそうに俺の指を呑み込んでるね。ララの中、一生懸命、すがりついてくる」

ぢゅぷ、ぬぷ、と淫らな音を立てて、セシルの指が的確に感じやすい部分をこすり立てた。

「ララ、どうしてほしい？」

「んんっ……、セシル、セシル、ぁあ、あ」

「教えて。きみのほしいものを」

激しく蜜路を責め立てられ、ララは涙目のまま愛しい人を見上げる。

「し、て……」

「聞こえないよ」

「キス、して……っ」

かすれた声で懇願すると同時に、唇が塞がれた。

――中、すごい。奥まで指が届いてる。

砂漠で飢《かつ》える旅人のように、ふたりは互いの舌を吸い、捏ねる。

混ざり合う唾液は、もうどちらのものかわからない。

喉を慣らして飲み干せば、いっそう渇望が強くなる。

ほしい。ほしい、この男がほしくてたまらない。

気づけば、ふたりとも生まれたままの姿になっていた。

寝台の横に、衣服が乱雑に重なっている。

「あ、アッ、ダメ、イク、イッちゃう」

「逃げるな。キスしてほしいんだろう?」

濡れた粘膜が、はしたない蠕動に打ち震える。

白金髪の長い髪が波を打ち、きゅう、と狭まる蜜路を彼の指が執拗に抉った。

「んぅ、んっ、んん!」

唇を塞がれたララは、全身をびくんびくんと震わせる。

――もう、イク。イッてる……!

指の根元を食い締める蜜口から、びしゃびしゃと透明な飛沫《しぶき》が散った。

達してしまった体を、彼の指がさらに追い立てた。

「やぁあ、イッたの、イッてるから……っ」

「まだだよ」

先ほどよりいくぶん動きが優しくなっている。

しかし、セシルは指を止める気配すらない。

ララの両脚の間に顔を埋めた彼は、指で隘路をあやしながらぬかるんだ溝を舌で舐《ねぶ》った。

「っっ……！　ひ、ぅうんっ」

「ここも、かわいがってほしいと懇願している。すっかり剥けて、丸見えだ」

ぢゅる、ぢゅるるッと音を立て、セシルが花芽を強く吸う。

「あッ、ァ、あああ！」

大国の王子が、ララの恥ずかしい部分を舐めている。

その事実に、いっそう体が甘く濡れてセシルを誘った。

「舌、熱いぃ……ッ、ん、ぅ、セシル、あ、あっ」

「感じてくれてるの、嬉しいよ」

「中も……っ、一緒にするの、ダメ、ダメぇぇ……！」

「かわいくて、おいしくて、いつまでも舐めていたくなる」

「やッ、ん、ぁああ、ア、イク、イクぅぅ……」

ぎゅうん、と全身がこわばり、ララの体がまたしても絶頂に打ち上げられた。

「指が、ふやけてしまいそうだ」

蜜と一緒に引き抜かれたセシルの指は、濡れて淫靡に光っている。

薄く目を開け、ララは彼を見つめた。

気怠げで、物憂げな瞳。

——初めて会ったときと、同じ？　いいえ、違う。似ているけれど、ここにいるセシルはあのころとは違う目をしている。

「もう我慢できないよ、ララ」

蜜で濡れた指で、セシルは自身の昂りを握った。

先端から透明な涙を流す雄槍を、二度三度と手で扱く姿から目が離せない。

——今から、あの大きなものがわたしの中に来てくれる。嬉しい、セシルがほしい……！

「き、て……」

まだ力の入らない指先を震わせながら、ララは両腕を広げた。

「俺をほしがってくれるんだな」

「ほしい、です。セシルがほしい。いっぱい、ください……」

「きみは俺の妻になる。もう、遠慮はしないよ」

ひくついた蜜口に、亀頭がめり、と押し当てられる。

「遠慮、しないで。セシルが全部、ほしいんです」

「どういう意味かわかっている？」

「ひ、ァッ……！」

ぐちゅぐちゅと入り口をこすり、セシルが腰を押しつけてきた。

——奥まで、セシルで埋め尽くされたい。それが、全部ほしいということ。

膨らんだ切っ先が、浅瀬に割り込んでくる。

セシルは深い息を吐いて、上半身でララの上に影を落とした。

黒い前髪に、こまかな汗の粒が光っている。

「全部俺を受け止めるというのはね、ララ」

ずぐ、ぐぷ……、と太幹が体をこじ開けていく。

「ぁあ、ア、アッ……！」

「きみが俺の子を孕むまで、何度でも子種を注ぐということだ」

「！　ぇあ、ああ、っ、や……んんっ」

亀頭が体のもっとも深い部分にキスをする。

そのひと突きで、ララは全身の神経が引き絞られるのを感じた。

――あ、ウソ、こんなすぐに……

「ああ、もう達してしまった？　かわいいね、俺を欲してくれていたのがよくわかる」

「ま、待って、待ってくださいっ。今、動かれたら……ッ」

子宮口に密着したままの楔が、さらにめり込んでくる。

内臓を押し上げられるほどの衝撃に、ララはぶるぶると全身を震わせた。

「奥ッ、ぁ、ああ、あっ……！」

「すごい締めつけだな、ララ。俺を食いちぎるつもり？」

「っっ……、ひッ……ぁあ、あ、あ……」

とちゅとちゅと、体の中で音がする。

だが、おかしい。

セシルは動いていない。

――わたしが、腰を振っているの？

含羞に頬を真っ赤に染め、ララは必死で体をよじった。

自分のほうからセシルを咥え込んで、快楽を貪ろうとしている。

その行為を、なんとか押さえ込もうとしたのだ。

「媚び腰で俺を扱《しご》いておきながら、そんな恥じらいの表情をするだなんて。ララは悪い子だ。いや、快楽に素直ないい子かな」

ララの動きに合わせ、彼がゆるりと腰を揺らす。

「あッ、ぁ、あ、ああッ」

「奥深くまで、俺がいるのがわかるね？」

セシルの言葉に、ララはただうなずくよりできない。

深く深くつながるふたりの体は、初めてのときよりもずっと互いに馴染んでいた。

それでもなお、強い異物感がうなじを粟立たせる。

ギッ、ギッ、と古い寝台が軋んだ。

セシルがララを突き上げる律動と同じ速度で、刻まれる音。

刻まれる、熱。

そして――刻み込まれる、快楽だ。

「ふッ、ぅう、セシル、奥、うう……ッ」

彼を受け止め、目一杯に広げられた隘路は、雄槍に浮き出た血管すらも感じ取ってしまう。

セシルの劣情は突き上げるたびに脈を打つ。

濡襞がそれに呼応するように、あえかに打ち震えていた。

「ぁ、ッ……、も、ぉ、ダメ、おかしくなっ……」

「おかしくなる？　ララのほうが俺に絡みついて離してくれないのに？」

ズンッ、とひときわ強く突き上げられる。

「ゃあァああッ」

「っ……ぅう、もうムリぃ……ッ」

「涙目になってるララも愛しいよ。もっと俺に感じて、俺に狂って」

「俺はまだだ」

薄い腹部が、体の内側を穿つ陰茎のかたちに盛り上がっている錯覚に陥った。

子宮口を繰り返し突かれて、ララの体は達しても達しても、終わりのない快楽に苛まれていく。

「中、ゃぁ……ッ、むずむずして、何か、来ちゃう……ッ」

「ひ、ぃぁッ……」

「ここかな？」

「それとも、奥か」

「！　は、ァア、あ、またイッ……ぁあああん！」

ぎゅうう、とララの粘膜がセシルを引き絞る。

痛いくらいに感じて、達して。

「っっ……！　ぁ、ウソ、やあぁあッ」

けれど、俺も、セシルは動きを止めてくれない。

「っは、俺も、そろそろ限界だ」

「やだ、やだぁ、待って……！」

「一度イカせてくれたら、待ってあげる」

「イッてるから、ぁ、あ、まだ、イッてるのに……ッ」

どくん、どくん、と体の中で脈動が響いていた。

それが彼と自分のどちらの音なのかもわからなくなる。

こんな感覚を、ララは知らなかった。

腰から下が溶けて、彼とつながってひとつの生物になった感じがする。

「セシル、ぁ、ああ、硬いの、当たって……」

「当ててるんだよ。ララの感じやすい部分を、最後までたっぷり突いてあげるから……ッ」

浅い呼吸に喘ぎながら、ふたりは寝台が壊れそうなほどに快楽の虜となっていた。

「はぁ、あああ、ぁ、イッ……く、イク、イクぅ……ッ」

「締まるよ、ララ。狭い奥に全部、射精《だ》す……！」

張りつめた亀頭が、ぶるんと大きく震えた。

「ひっ……ぁあ、……っ、ぉあ、あ」

涙で濡れた目を瞠り、ララは腰を浮かせる。

――熱い。中に、熱いものが……！

びゅる、びゅく、と遂情《すいじょう》を告げる白濁が迸った。

「セシル、ぅ、熱いの、奥に……っ」

「まだ出てる……ッ、く……」

重吹《しぶ》く切っ先で、ごりごりと子宮口を捏ねられる。

――奥まで入ってきちゃう。セシルの、熱いの、いっぱい。

彼の動きが止まっても、ララの体はきゅうきゅうと雄槍を食い締めつづける。

「絶対に、きみを助ける。俺の妃になるのはララだけだ」

「セシル………」

まだ張りつめている劣情を奥深く咥えこんだままで、ララは泣きたくなるほど優しいキスを受けた。

唇が、せつなさにわななく。

彼のことを、求めてやまない。

心も、体も、魂がセシルを欲している。

こんなにも誰かを好きになれることを、ララは知らなかった。

平和でのどかで優しい世界に生きていると思っていたのに、これほどの情熱が自分の中にも存在するだなんて、ララはセシルに出会うまで知らなかったのだ――


「つらいと言っていいんだよ」

衣服を整えたふたりは、寝台に座って抱き合っている。

「つらくないわけではないけれど、もうムリ、耐えられないってほどのつらさでもないです。食事もおいしいですし」

「……きみはおおらかすぎる」

「そうですか？　でも、寝台はそれなりに快適でよく眠れますしね？」

「この寝台で？」

彼は、壁に背をつけてマットレスをたしかめる。つい先ほど、ふたりで機能性を確認したばかりにも思うけれど。

「っっ！　な、何っ⁉」

突然、がくんと彼の体が壁にめり込んだように見えた。

「セシル⁉」

しかし、そうではない。壁が後ろにずれて、入り口のようになっているではないか。

――何？　どういうこと⁉

ふたりは、顔を見合わせる。

「これは、隠し扉か？」

「そう……みたいですね」

そっと覗き込むと、中には――

「え？」

「えっ……？」

――なぜ、こんなところに、こんなものがあるの⁉

・・・・・・━・・・・・・・・・・━・・・・・・

人間とは、これほどまでに不機嫌な顔のできるものだったのか。

新宮殿の広間に集まったのは、王室会議の面々だ。

父である王と王妃を筆頭に、叔父ザライル卿、宰相、軍務大臣、財務大臣、外務大臣、内務大臣の四職が揃い、さらには王立騎士団団長に副団長がずらりと並ぶ。

不機嫌な顔をして椅子に座るのは、第一王子クロードである。

「まったく、なぜこんなくだらない会議をする必要があるんです。裁判をしてください。そうでなければ、不敬罪を適用してくれてもいいではありませんか」

ブツブツと文句を言う彼だけが、この会議のほんとうの目的を知らない。

「静粛に。皆揃ったようなので、本日の会議を開始する」

立ち上がって声を張るのは、進行役のザライル卿だ。

――ララを罠にかけたことを、後悔してもらう。

「本日集まってもらったのは、ほかでもないキャクストン公爵令嬢ララ・ノークスの件だ」

周囲の空気がぴんと張り詰める。

緊張感は、列席した者たちの表情を引き締めた。

「過日、天使の中庭にてララ・ノークスが第二王子クロードに暴力をふるったという訴えがあった。その場でララ・ノークスは騎士団に取り押さえられ、現在は尖塔に幽閉している。本件に関して、まずはクロードの話を聞きたい」

「はい」

神妙な表情で立ち上がったクロードが、悲しげに眉尻を下げて広間の一同を見回した。

「このたびは、ご列席の皆さまにお手数をおかけし、まことに申し訳なく思っています。私としましても、彼女がなぜあのような凶行に及んだのかわからず、未だ混乱しています」

包帯こそとれたが、前歯が一本折れたままだ。

「ララ・ノークス嬢は弟であるセシルの婚約者候補でしたが、宮殿へ来た当初から私に興味をお持ちのようでした。幾度か中庭などで顔を合わせることもあり、私としても弟と縁あってこの宮殿に滞在する令嬢という認識でしたので気軽に会話を楽しんだものですが――」

兄は、しおらしい顔で嘘をつく。

反論したいことばかりではあったけれど、セシルはじっと兄の発言に耐えた。

今、ここでいちいち揚げ足をとったところで、話は進まない。

大事なのは、ララの名誉を回復することなのだから。

「どうやら私の態度が彼女を勘違いさせてしまったらしく、ララは次第に既婚者である私に迫ってくるようになりました」

「迫るとは、具体的にどういう行動をしてきたのか」

「はい。その……」

クロードは、いかにも「弟を傷つけたくないのだが」と言いたげに、伏し目がちな視線を向けてくる。

わざとらしさに笑いたくなるのを、セシルは努めて『物憂げなセシル殿下』の顔でやり過ごした。

「私の体に触れてくるとか、いわゆる男女の駆け引きのようなことを言ってくるとか、そういうことです」

集まった人々が、ざわつく。

憂い顔で人嫌いのセシルを変えた、唯一無二の令嬢。

そのララが、兄クロードにも粉をかけていたというのだから、誰もが驚いて当然だ。

「それで、貴殿はどう対処しようとしたのか」

「はい。私はララに、自分は既婚者であることを説明しました。けれど彼女は激昂して会話が成立しない状況にありました。あの事件のあった日は、セシルとの小旅行から帰ってきたララが、話をしたいというので天使の中庭で会いました」

「約束をして、会いに行ったと？」

「この国の王子として、妻を持つ男として、軽率な行動だったことを反省しています。しかし、せっかく弟が正式な婚約までこぎつけられそうになった相手です。私としましても、セシルの縁談については長い間気にかけてきたことですので、彼女が考えをあらためてくれることを期待していたのです」

「つまり、セシルと結婚するよう説得を試みたということか」

「そのとおりです。ただ、残念なことにララにはその気持ちが伝わることはなく、彼女は暴力的な行為に及んだのです」

「相手はずいぶんと華奢な女性のはずだが」

「窮鼠猫《きゅうそねこ》を噛むと申しましょう。ララは、ひどく追い詰められた様子でした。彼女の思うとおりにことが運ばないことに苛立ち、全力で私に襲いかかってきたのです。最初に脛《すね》を蹴られました。私は、淑女がそのような乱暴を行うとは考えもせず、一瞬怯んでしまったのです。そこを突き飛ばされ、噴水の中にふたりで倒れ込みました」

クロードの欠けた歯を見れば、彼がなんらかの被害にあったと誰もが思う。

おそらく、真実を知らない者の目に彼は心優しき哀れな王子と映ることだろう。

そこまでで、クロードの説明は終わった。

続いて、騎士団長ニコラスから騎士たちによる証言のまとめが発表された。

「騎士団員が駆けつけたとき、クロード殿下とララ・ノークスは噴水の中に倒れていた。ララ・ノークスが立ち上がり、クロード殿下が血まみれの顔で彼女を捕らえよと叫んだ。また、ララ・ノークスは一度立ち上がったあとに、再度噴水の中で転倒した。団員たちはクロード殿下の言葉に従い、彼女を左右から拘束し、尖塔にある天空の檻に幽閉した。以上です」

ひどく簡潔だからこそ、妙に臨場感のある言葉だ。

「クロード殿下、今の話は正しいか」

「はい、ザライル卿」

「では、セシル殿下、貴殿は自分の婚約者候補が行った凶行について、どのような認識でいるのか聞かせてもらおう」

「はい」

ついにセシルに発言の機会が回ってきて、周囲を焦らすようにゆっくりと席を立つ。

王妃は、心配そうにこちらを見ている。三番目の王妃、セシルの実母の従姉妹である彼女は今回の事の顛末を知っていた。

セシルが話したのだから、知っていて当然だ。

王妃を含め、リリアンナ、ニコラス、ララの侍女であるファルティとルアーナ、そしてもうひとりの協力者が、セシルがララを救うことを願ってくれている。

——誰もが、ララを愛する。彼女には、人に愛される才能がある。

ララは、素直だ。世間知らずなところもあるが、人の話に耳を傾ける。

そして、知らないことでも自分の頭で考えてみようとする。

誰かの言葉を盲目的に信じるのではなく、いったん受け止めた上で自分で判断する。

自分の目で見て、自分の耳で聞いて。

彼女は、考えることを放棄しない。

そんなララだからこそ、誰もが彼女を愛するのだ。

「兄上、先に確認したいことがあります」

咳払いをひとつ。

セシルはクロードを見下ろした。

「兄上は女性ものの衣類はお好きですか？」

「……なっ……⁉」

ひく、と左頬を歪ませ、クロードが言葉を失う。

「いえ、確認というからにはこう言うべきでした。兄上は女性の衣類がお好きですね」

「何を、語弊のある言い方はやめなさい、セシル」

「いいえ、語弊ではありません。そして、誤解でもない。我々は証拠を持っています」

今日、いちばんのざわめきが広間に走った。

「なんだって？」

「女性の衣類って――」

「それと今回の事件と、どう関係するんだ？」

クロードが、ぎり、と歯ぎしりする音が喧騒の中でも聞き取れた。

「いかに弟とはいえ、公の場でおかしなことを言わないでもらいたい」

「事件には関係ないと？」

「そのとおりだ」

「ですが、事件の前にララは公爵家から運んできたドレスをすべて盗まれていました。そして、今回偶然にも我々はその盗まれた衣類を発見したのです」

尖塔の上の小部屋。以前から、あの部屋は誰が使っているのか謎だった。

あんな場所に浴室まで備え付けていることに疑問を覚え、セシルが調べた結果、改築を行ったのは――クロードだったのである。

「ララが幽閉されていた尖塔の室内に、隠し部屋がありました。そこに、百着を越える盗まれたドレスがあったのです」

騒然とした会場で、さらにセシルは続ける。

「兄上、あなたはあそこでひそかにドレスを着て自分の時間を過ごしていたのでは？」

「やめろ！　根拠もないことを！」

「では、真実を知るディアンナ妃の口から語っていただくとしよう」

セシルが右手を挙げて合図をすると、扉の前に立つふたりの侍女が、両開きの戸を左右同時に開けた。

「あれは――」

「ディアンナ妃だ」

そこに立っていたのは、ディアンナである。

クロードの表情がこわばり、旗色が悪くなってきたことに気づいたようだった。

「ディアンナ、なぜ……」

だが、クロード以外の者たちも驚愕に目を丸くしている。

美しいディアンナは、男装をして立っていたのだから。

「クロード、わたしは心を入れ替えました。あなたを理解したい。心から、あなたの妻になりたいのです」

「や、やめてくれ、ディアンナ！」

「わたくしども夫婦が不仲であるという噂が、皆さまの耳にも入っていたかと思います。実際、わたくしは夫を疑っていました。それは、クロード殿下が異性装をひそかな趣味としていたことが理由です」

「やめろおおおッ」

「……やめません。クロード、あなたがもう自分を偽らなくて済むように。ほんとうは、あなたも苦しんでいたのでしょう？」

フロックコートにクラヴァット、長い髪をうなじのあたりで結わえたディアンナが、優しく微笑んだ。

絶望に青ざめたクロードの目が泳ぐ。

「彼は、弟であるセシル殿下の婚約者候補を追い出したい一心で、嫌がらせをしていたのだと思います。その行為の中に、女性たちのドレスを盗むというのがありました。もちろん、最初から自分で着るためではなかったかもしれません」

自分の体を抱きしめて、クロードが震えている。

――悪いな、兄上。あなたが余計なことをしたせいだ。きちんと罰を受けてもらう。

「ですが、夫が異性装をする姿を偶然見かけてしまったわたくしは、たいそう心乱されました。けれど、時間を置いてわかったこと。それは、わたしがクロードを愛しているということなの。だから、あなたが女性の格好をするのならわたしが男性の格好をするわ！」

「ディアンナ……！」

この局面で、唐突にふたりは抱き合った。

なんとも珍妙な絵面ではあるけれど、今、ここで、兄夫婦の関係が修復された――と、言っていいのだろうか。

「よかった、よかったです……！」

拍手とともに、女性の高い声が広間の天井に響く。

結い上げた白金髪がひと房こぼれる。それは、月光を紡いだような見事な美しい髪。

「ララ、まだきみの紹介をするタイミングではないんだが」

困ったように、愛しくてたまらないように、セシルが声の主を見やる。

「ごめんなさい、セシル殿下。でも、嬉しくて」

セシルとの会話で、その侍女の姿をした者が誰なのか明かされる。

会議の前から、ずっと彼女はここにいた。

ララ・ノークス。ほんとうならば、幽閉されているはずの不敬罪を疑われるキャクストン公爵の養女。

「わたくしも、ララ嬢のご助力にまいりましたが、必要なかったようですね」

ララと一緒に扉の前に立っていた、もうひとりの侍女。

侍女というには、あまりに華やかな美女が顔を上げると、ララのときよりも列席者に衝撃が走った。

「リリアンナ嬢ではないか！」

「ハイダリヤ公爵の」

「なぜ、彼女がここに」


「静粛に！」


混乱をおさめたのは、ザライル卿の一喝だった。

本日何度目かの沈黙に、ザライル卿は王に視線を向ける。

国王は黙ってうなずくと、セシルの名を呼んだ。

「セシルよ、ララ・ノークスは幽閉中ではなかったか？　誰の許可を得て、彼女をここに連れてきたのか聞かせてもらおう」

「はい。私は彼女と正式に婚約したい旨、事件の前に陛下に申し伝えました。そして、陛下は許諾をくださったと存じています。つまり、現時点でララ・ノークスは公人であり、この国の準王族と言ってもおかしくない立場にあります。よって、兄クロードとの事件について、一方的な証言のみで断罪されるべきではないと判断し、騎士団長にその旨を伝えてこの場に同行いたしました」

セシルは、ララの手を握る。

もう何も恐れることはない、と彼女に伝えたかった。

誰が何を言おうと、セシルはララの手を離さない。

彼女が罪を着せられるのなら、オルレジア王国に未練はないのだ。

自分に必要なのは、王族の肩書きではなくララだと知っている。

「では、ララ・ノークスよ。クロードに暴力をふるったことについて、正直に話しなさい」

「……っ、はい」

彼女の薄い肩が小さく震えていた。

けれど、ララは毅然として立つ。

その横顔は、強く優しく、美しかった。

「わたしは、事件のあった夜、食べ過ぎで胃が重く、ひとりで夜の散歩に出ました」

正直すぎるララの言葉に、大臣と宰相が小さく噴き出す。

——こういうところが、ララの愛らしいところだ。せっかく彼女に会ったのだから、皆がララの魅力を知って帰ればいい。

自分だけが知っていたい気持ちもあるけれど、自分の愛した女性を自慢したい気持ちも存在する。

セシルの心中に気づかないララは、話を続けた。

「そうしましたら、天使の中庭でクロード殿下と遭遇いたしました。殿下はわたしに、セシル殿下を結婚させないよう、今までいろいろ手を尽くしてきたとおっしゃいました。わたしの衣装部屋からドレスを盗んだのも、その一環であると」

ドレスの一件については、すでにこの場である程度共有されている情報だ。

「でも、そこでわたしが余計なことを申しあげてしまいました」

「余計なこととは？　具体的に」

「はい。その……クロード殿下は、女性の衣服が好きなのではありませんか、と」

やはりそうだったのか、と周囲がひそひそ話しはじめる。

ララが、それを遮るように大きな声をあげた。

「わたしが不躾《ぶしつけ》だったのです！　それで、殿下は当惑され、おそらくわたしを黙らせようとして、不埒なことをなさろうとされました。でも、もしかしたらそれすら殿下にとっては、ふりであって実際にするおつもりではなかったのかもしれません。なのに、わたしはわからなくて、殿下の脛を思い切り蹴り、その場から逃げようとしたのです。けれど、逃げる前にクロード殿下に衣服をつかまれ、ふたりで噴水の中に転がり落ちてしまいました」

「それを証明できる者はいるのか？」

「はい！　クロード殿下の従者の方です。セシル殿下が何度も説得を試み、クロード殿下とわたしの会話の内容について証言してくれると聞いています！」

元気いっぱいのララの言葉に、クロードが大きなため息をつく。

――まったく、ララにはもっと兄上のした悪事を重点的に語るよう言ったはずだけれど……。彼女らしいといえば、彼女らしいか。

ララのフィルターを通すと、兄の悪行もずいぶんかわいらしく聞こえるものだ。

だが、それでいい。

今回、クロードがララの冤罪をでっち上げたからこそ、セシルもこうして兄のしてきたことに向き合う気になったのだ。

セシルだけではない。父王とて、クロードの行動に薄々感づいていたはずで。

——俺たちは、結局兄の孤独を埋められなかった。誰も埋めようとすらしなかった。ディアンナだけが、兄と向き合ってきた。

そして、一度は彼女も逃げた。

それがクロードをより深淵へと追い詰めたのかもしれない。

「あの、それとわたしが幽閉されていた塔の、隠し部屋にあったドレスですが……」

「！」

クロードが、余計なことは言うなとばかりにララを睨みつける。

しかし、ララは気にしない。

それどころか、自分を冤罪で捕らえさせたクロード相手に、にっこりと微笑んだではないか。

「サイズ調整をしようとした痕跡がありました。クロード殿下、もしよろしければわたしがお裁縫をお手伝いします！　こう見えて、食べるのと縫い物は得意なんです！」

「な、何を……」

「だって、着たい服を着られないのは悲しいです。それは、殿下が殿下であるために大切なことなのではありませんか？」

いつしか、室内にいる誰もがララの言葉に耳を傾けていた。

彼女の言っていることは、突拍子がなく聞こえる部分もある。それを否定はしない。

けれど、同時にそれは大人の常識に縛られないほんとうの気持ちの代弁にも思える。

「我慢をしてムリをしていたら、誰かに優しくなんてできないと思います。ディアンナさまも、殿下のことをわかろうとしていらっしゃるのですし、ふたりのときなら何を着ていたっていいじゃありませんか。ここにいる皆さまだって、おうちでリラックスしているときに今と同じような正装はなさらないでしょう?」

誰もが、思案顔になる。

ララの言葉はつたなくて、だからこそまっすぐだった。

「わたし、クロード殿下を襲ったりしていません。そして、クロード殿下もわたしに何かしたわけではありません。お互いに、不幸なすれ違いだったと思うんです。ね、そうですよね、セシル殿下!」

——ここで、俺に投げるか?

セシルは、苦笑して愛しい彼女のフォローに回る。

「そのとおり。こうして皆さまにお集まりいただいたのは、私が婚約者を幽閉されて暴走したに過ぎません。このたびはご迷惑をおかけし、申し訳ありませんでした。深くお詫び申しあげます」

もとより結婚して王位継承権を欲する気持ちがあったわけではない。

兄が納得するのであれば、自分が泥をかぶってもかまわないと、セシルは思った。

それこそが、今まで兄を放置した自分の罪だ。そして、父も同罪だから余計な口は挟ませない。

「待ってくれ!」

机にバンと両手をついて、クロードが悲鳴にも似た声で叫ぶ。

——兄上?

「違う。違うんだ。すべて、僕がしたことだ。僕の悪事だ……！」

「クロード」

その背に、ディアンナがそっと手を置いた。

「僕は、ずっと弟を妬んでいた。だから、セシルが結婚できないよう邪魔をした。すべて認める。僕は――皆も知ってのとおり王にふさわしくない。それなのに、弟が王位継承権を手にしないよう、手を回していたんだ」

兄の心からの言葉に、セシルはかすかに唇を噛んだ。

彼がララを傷つけたことに変わりはない。しかし、ララは自分に害をなす者すらも恨むことなく、慮る心を持つ女性だ。その優しさのひとかけらでも、以前の自分が持っていたら。

兄弟の関係は、ここまで悪化しなかったのではないだろうか。

「セシル、父上、叔父上、僕は罪を償って王太子の座を返上しようと思います。いずれセシルが王位を継いだそのときには、弟の補佐として尽力する。できるなら、ディアンナとともに心穏やかに生きていきたい。僕はもう――」

宮殿という世界で虚勢を張って生きていくことに、疲れてしまったのです――

力なく微笑んだクロードは、まるで憑き物が落ちたかのようにやわらかで、優しく、そして美しかった。

「ララ、すまなかった。そして、ありがとう。きみが弟と結婚するなら、ドレスの直し方を教えてもらってもいいかい？」

「はい、もちろんです！」

セシルは、何もできなかった自分を知っている。

だからこそ、拍手を送った。気難しい顔をして座っている面々の中、まっさきに兄と婚約者の和解を褒め称える。

すると、最初はまばらに、次第に盛大に、室内は拍手で埋め尽くされていった。


「……これで、終わったのですか？」

ララが小さな声で尋ねてくる。

「ああ、終わった。……終わったんだ」

今すぐ彼女を抱きしめたかった。

抱きしめて、くちづけをし、やわらかな肌に頬をすりよせたい。

セシルは、同じ運命を握っていたであろう兄の退場を無言で見送る。

いつか、兄と腹を割って話せる日も来るかもしれない。ララさえいてくれれば、きっと。

・・・・・・┃・・・・・・・・・・・・┃・・・・・・

ファルティとルアーナから宮殿侍女のドレス一式を借りて、リリアンナとふたり、変装して会議の広間に入ると決めたのは、クロードの悪事を暴くつもりだったからだ。

けれど、口を開いてから気づいた。自分は、誰かを裁きたいわけではない。苦しめたいわけでもない。復讐よりも、もっと美しいものを望んでいるのだ、と。

——だってわたしたちは、幸せになるために未来を選ぶんだもの。

会議の広間をあとにし、ララはセシルの居室に同行した。

彼は、部屋に入るなりララを強く強く抱きしめた。

その腕の強さが、セシルの痛みを伝えてくる。

「セシル、勝手なことをしてごめんなさい。それから、ありがとうございます」

「……なぜ、きみが謝るんだ」

「予定どおりでは、なかったから？」

ふふ、と小さく彼が笑う。

どこか寂しげで、けれどどこか優しげな、王子としての仮面を脱いだほんとうの『セシル』の笑い声だ。

「誰かを好きになると、幸せをたくさん感じられるようになるんだと知りました。そして、誰かを好きになると、今まで気づけなかった悲しいこともたくさん感じられるようになります」

「ララは、俺を好きになったことを後悔しているのか？」

「まさか！　わたしが言いたいのは、もし今回のことでセシルが怒っているなら、一生をかけてあなたを癒やしていきたいということです！」

自分でも幼稚なことを言っている自覚はあった。

具体的な方法もわからぬまま、思いつきで言っていると思われてもおかしくない。

けれど、口にした言葉のすべてがララの本心なのだ。

「きみは強いな」

「そう、でしょうか?」

「それに優しい」

「だとしたら、わたしがセシルを好きだからですよ」

「俺を、好きだから?」

「はい。誰にでも同じく接することはできません。あの、ほんとうは誰にでも平等であれと父からは教わったのですけれど……」

父の教えに背くのは、たったひとり、かけがえのない人に出会ったから。

――愛するというのは、究極のえこひいきなのかもしれないわ。だって、わたしはきっとセシルだけをこれからも特別扱いするのだもの。

「ララのそういう柔軟なところが好きだ」

「まあ!」

「年下のきみに学ぶことが、俺にはずいぶんある」

「セシルが、わたしから学ぶのですか?」

「そうだ。俺の知らない愛情を、きみは知っているだろう」

腕を緩めた彼が、ひたいとひたいをつき合わせる。

触れた肌は、しっとりと温かい。

この体温を知っている。

彼が生きて、ここにいることを証すぬくもり。

「早速だけれど、おわかりのとおり俺はかなり疲れているんだ」

「はい」

「だから今すぐきみに癒やしてもらってもいいだろうか」

「え、あの、それは……」

「ララを抱きたい。きみは俺に抱かれたいと思っている？」

本気か冗談か判別のつかない、甘く物憂げな彼の声。

――わたしは、セシルに……

「できることなら、セシルを抱いてあげたいと思っています！」

「え？」

「え？？」

彼のすべてを包み込んで、抱きしめられたらいいのに、と思っている。

それを伝えたかったのだが、少々ずれた回答になってしまった――かもしれない。

「あの、待ってください。ちょっと言い方がおかしくなってしまったのですが、わたしの言いたかったのは閨での意味の『抱く』ではなくて、セシルがわたしをぎゅうっと抱きしめてくれるみたいに、セシルを安心させてあげたいという意味で！」

「ああ、驚いたよ。俺はきみにどう抱かれればいいのか、真剣に考えてしまった」

「違います！　いえ、違わないですけど！」

「誤解のないよう、もう一度確認させてもらおう」

とん、と体が押される。

ララは、背後にあった長椅子に座り込んだ。

「確認って、わかっています。大丈夫です」

「心配だから、一応ね」

エプロンをつけたドレスの裾が、ひと息にめくり上げられた。

「！　せ、セシル……？」

「いつもと違う服装のララもかわいらしいな。でも、俺が確認したいのはもっと奥なんだ」

下着が引き下ろされ、白い内腿があらわになる。

——こんな、急に……？

彼が望むのなら、なんだってする。

セシルの傷を癒やしたいと、心から望んでいるのに。

「ひ、んぅ……ッ！」

太腿を左右に割られ、脚の間に彼の舌先が躍った。

「おかしいな。もう濡れてる。ララはいつからこんなにいやらしい体になったんだろうね」

「ち、がうっ……、これは、あ、あっ、セシル、が……」

「そうか。俺のせいだった。責任をとってかわいがってあげなくてはいけないな」

花芽をすすった唇が、そのまま蜜口に移動する。

——舌が、入っちゃう！

じゅる、ぬるり、と熱い舌先がララの膣道にめり込んできた。

すでに濡れた蜜口は、簡単に彼の舌を受け入れる。

「っあ、あ、あああッ」

がくがくと揺れる腰のせいで、いっそうセシルの口淫を感じてしまう。

ドレスがはだけられ、エプロンの胸当ての左右に乳房がまろびでた。

「乳首もこんなに勃起して、俺にさわられたかった？」

「っ……ぅ、う、わたし、わたし……」

「俺を抱いてくれるんでしょう？　癒やしてくれるんだったね、ララ」

期待のこもる、青紫の美しい瞳。

ララは涙目でセシルを見つめ返し、熱い吐息を吐き出す。

「さわっ……て、ほしい、です……」

「ここ？」

「ひ、ぁアアッ……！」

左右の乳首をつままれると、背中が大きくしなった。

——ウソ、胸だけで……？

「う、う……」

「ずいぶん意地悪なことをする。俺がきみを抱きたくてたまらないのを知っていながら、目の前で勝手に達する姿を見せつけるとは」

「ぁあ、違うんです、わたし……」

「どう違うの？」

とろりと蜜のあふれた膣口に、セシルの指が突き入れられた。

「っっ……！　ぁ、ああ、あ、あ！」

「俺はきみのここに入りたい。きみを犯して、泣かせて、感じさせて、孕ませたい」

ぬぽぬぽと音を立てて彼の指が抽挿をはじめる。

達したばかりの体は、強すぎる快感を受け止めながら打ち震えた。

「俺の『抱きたい』はそういう意味だ。きみの奥まで打ちつけて、いちばん深いところで——射精したいんだよ、ララ」

——そんな、こと、言われたら……！

ぞくり、とうなじが粟立った。

二度目の果てが近づいている。

——わたし、わたしも、セシルがほしい。

「ララ？」

必死に体を起こして、ララは彼を抱きしめる。

「んむ……ッ、ララ、どうしたんだ」

「……っ、ほしいんです」

「うん」

「わたしも、セシルがほしいんです。奥深くに、セシルの愛情を注いでください。いっぱい出して、いっぱい感じさせてください。わたしの『抱かれたい』は、そういう意味――っ、ぁああ、あッ!?」

言い終えるよりも先に、彼はララを長椅子に押し倒していた。

それどころか、性急に雄槍を挿入してくる。

――全部、入って……!?

「同じ意味で安心した。それに、もう我慢できそうになかった」

「ぁ、あ、セシル……っ」

「悪いけれど、今日はきみが泣いても意識を失っても、壊れない程度に抱き潰すことになる」

覚悟して、と彼は言った。

覚悟はできています、とララは微笑む。

「あなたが、ほしいんです。わたしの全部、セシルのものだから……」

「そうだね。こんなに感じやすい体にしてしまったからには、俺が責任を持ってたっぷりイカせてあげる」

隘路に閉じ込められたセシルの劣情が、びくんと震えてより太さを増した。

「ぁ、ん……っ」

――また、大きくなった。

「ララが俺を感じさせるせいで、俺もこんなになってしまうんだ。このかわいらしい穴で、責任を取って俺を搾り取るんだよ」

「セシル、セシ、ぁ、ああ、あっ」

自分でもわかるほど、ララの体がセシルを求めている。

彼を引き絞り、奥深くに閉じ込めようとして粘膜がきつく収斂していた。

「いけない子だ。きみの中が、俺をきゅうきゅう締めつけて、早く犯してって言ってるみたいじゃないか」

「おね……が、い……」

「うん？」

「お願い、です。動いてぇ……！」

どくん、と脈動が膣に響き、彼の亀頭が大きく震えた。

「ララ……！」

ふたりの唇が、キスを求め合う。

舌を絡ませ合うのと同時に、セシルが腰を突き上げた。

「ん！　んんっ……」

「ふは……っ、かわいい、ララ。キスされると入り口が俺に媚びてくる」

子宮口と亀頭が、どうしようもないほどに互いを引き寄せていた。

「俺のことが好き？」

「す、き……」

「俺もだよ。ララが好きだ」

ずちゅん、と彼が腰を打ちつける。

「っ……あ！」

「好き、好きだよ、ララ」

こすれ合う粘膜が、せつないほどに感じていた。

ララは自分から腰を揺らし、彼の刻む律動に合わせて快楽を分かち合う。

「じょうずだね。ララ、気持ちいいよ」

「わ、わたしも、気持ちぃ……っ」

重く深い愛情が、ララの胎内を満たしていく。

息ができなくなる。

ただ、彼の熱に蕩けてしまう。

「っ……は、あ、あっ、や……っ、また、イッ……」

「もうイキそうなの？　簡単にイクようになってしまったね」

「ああ、あ、お願いっ……！」

「イカせてほしい？」

ララは涙目でセシルを見つめ、大きくうなずいた。

セシルがララの体を押しつぶすように抱きしめてくる。

唇が耳元にかすめて、甘い刺激に肩が震えた。

「ララ」

「ひァッ……！」

――や、耳元で、息が。

ぎゅうう、と濡襞が彼のものにすがりつく。

「このまま、イケよ」

「つっ……！　ぃ、ぁああ、あ、あっ」

低くかすれた声に導かれて、ララは全身でセシルを感じてしまう。

「ゃ、ぁ、ああ、イク、イク、イッちゃう……！」

とん、とん、とん、と同じ速度で最奥を抉られる。

決して激しい動きではないのに、こらえきれない。

――セシル、好き……！

脳天まで痺れるような快感に、ララは体をこわばらせた。

「イッ……く、ぅ……！」

きつく抱きしめあっても、ふたつの体はひとつになることはない。

それでも、恋しくて、つながりたくて。

ひとつになりたくて、肌を合わせる。

心を重ねる。

愛で満たすために。

「ぁ、やだ、待っ……」

「待たない」

「ダメ、ダメです！　わたし、まだイッてる……」

「そうだね。イッてる最中のララの中、いやらしくうねってかわいいよ。俺のことも、もっと感じさせてくれるだろう？」

「ひぁああ、あ、あっ、セシル、やっ……んー、んっ！」

淫らな打擲音が、ララの鼓膜を震わせる。

「ああ、俺もすぐ射精《で》てしまいそうだよ」

「中、に……っ」

「もちろん、ララのいちばん奥にいっぱい注がせてもらう。俺の子を孕んで、俺だけの妃になってくれるね？」

加速する愛情に、ララもまた次の絶頂へと走り出していた。

「ここに、出す。俺の子種を、ララの……はっ、ああ、この、狭くてかわいいところに……」

「また、イク、イッちゃうからぁ……！」

「俺も、もう我慢できない。ララ、イクよ。受け止めて——」

灼けるほどに熱い精液が、ララの子宮めがけて放たれた。

――わたしの奥まで、セシルの子種が届いてる。

びゅ、びゅる、と白濁を迸らせながら、彼がララの唇を奪う。

「んっ……」

――まだ、出てる。こんなに……？

「ララ、愛してる」

「っは、ぁ、あ」

「だから、このままもう一度」

「……ぇ、あ、ウソ……っ」

「ほんとうだよ。きみを愛しているから、勃起がおさまらないんだ。わかるね？」

「っっ……！」


その日、ララは朝までセシルに抱かれていた。

何度遂げても終わらない情慾と、体の奥に繰り返される遂情。

窓の外が明るくなって、やっとふたりは眠りにつく。

夢の中でも、夢から覚めても、愛し合う気持ちだけは途切れることがない。

初めての恋に狂い、乱れ、すべてを与え、奪う。

愛の獣になったセシルを知るのは、彼の五十六番目の婚約者候補――いや、初めての婚約者だけである。

・・・・・・━・・・・・・・・・・・━・・・・・・

正式に、国民に向けてセシルとララの婚約が発表された。

朝から青空が広がり、風が季節の移り変わりを感じさせる。

新調したドレスは、セシルの瞳の色に合わせてデザインしてもらった。

「おめでとう、ララ」

「ありがとう、リリアンナ」

ともに事件解決に挑んだリリアンナとは、すっかり親しくなっている。

ひと足先に、リリアンナは騎士団長と結婚した。新婚生活は、聞いているこちらが真っ赤になるほど甘く楽しい話ばかりだ。

「リボンが曲がっているわよ。まったく、あなたはいつまで経ってもそそっかしいのだから」

まるで姉のような態度で、リリアンナが髪のリボンを直してくれた。

「うふふ」

「？　どうして笑っているのかしら」

「だって、王都に来てきょうだいとも離れて暮らしているのに、今ではまるでリリアンナがわたしのお姉さまのようなんですもの」

「それはあなたが……！」

コホン、と咳払いをして、友人は「いいわ。わたしのことは王都での姉だと思ってちょうだい」と微笑む。

「新婚のお姉さまね」

「からかわないの！」

「あら、からかってなんていないわ。ほんとうのことですもの」

かつて第二王子の十四番目の婚約者候補だったリリアンナと、五十六番目の婚約者候補にして初めての婚約者となったララは、今や王都の貴族令嬢たちの憧れの的だ。

ふたりは若き令嬢たちのためのサロンを開催し、ただ優雅に遊び暮らすのではなく、貿易や経済の勉強会を行っている。

「その後、クロード殿下はどうしていらっしゃるの？」

「お義兄さまなら、お義姉さまと仲良くお過ごしよ。先日も、三人で一緒に刺繍をしたの」

クロードは自ら王太子の立場を降り、今は王族としての公務に励んでいる。

ディアンナとは、たいそう仲の良い夫婦だ。

旧宮殿を出て、夫婦ふたりで離宮に移り住んだのは先月のこと。

引っ越しの理由は、人目の少ない住処を欲しているからにほかならない。

公務では今までどおりの王子然とした姿で過ごしているけれど、クロードは離宮ではドレスを着て過ごしている。

彼の趣味を受け入れた妃もまた、最近は男装を楽しんでいるという。

互いに満足しているのなら、ステキなことだとララは思う。

クロードは少しずつ針仕事の練習中なのだ。

ドレスを仕立ててもらうこともできるけれど、彼は自分の手でドレスを作り変えることに喜びを見出している。

王族として生まれ、自分の趣味嗜好を長年押し殺してきた第一王子が、心の自由を取り戻した。

そのぶん、セシルにかかる負担はあるかもしれないが、ララもできるかぎり協力していくつもりだ。

それこそが、第二王子セシルと結婚を誓うララの役目なのだから。

「ララ、ああ、リリアンナが来ていたのか」

応接間にやってきたセシルが、ふたりを見て甘やかに笑《え》まう。

その表情には、かつての退廃的な美しさはない。

極上の美貌に優雅な笑みを乗せ、彼は婚約者の名を幸せそうに呼ぶ。

「セシル殿下、婚約者さまをお借りしています」

「かしこまらなくていい。きみはララの大切な友人だ。俺にとっても恩人なのだからな」

「ありがとうございます」

「ところで騎士団長は健勝だろうか。最近、目が回るような忙しさで、彼にはお祝いすら直接伝えられない始末なんだ」

次期国王候補となったセシルのもとには、多くの人間が集まってくる。

それは、彼が王位継承候補者となるからという理由だけではなく、おそらく雰囲気がだいぶ変わったことも影響しているのだろう。

「まあ、そうなのですか？　それでは、ララは寂しゅうございますね」

「まさか。俺が愛しい婚約者を放っておく薄情者に見えるか？」

心底心外だと言いたげに、セシルが眉根を寄せた。

冗談めかしたセシルに、ララとリリアンナは軽やかな笑い声を響かせた。

婚約発表はもちろんのこと、国内には新しい季節が訪れ、誰もが明るい笑顔を見せる。

オルレジア王国は、幸福に包まれていた。

・・・・━・・・・・・・・━・・・・・

「ララさま、お美しいです！」

ファルティが涙目で微笑む。

彼女はこのたび、宮殿内で出世をした。

役職が上がっても、ララの側仕えを続けてくれるのはありがたいかぎりである。

「国いちばんの花嫁ですね！」

ルアーナが大きくうなずいて、満足げに破顔する。

勇猛果敢で冗談好きの彼女は、尖塔に幽閉されていたララに会うため同行してくれていた騎士と、
最近良い仲だともっぱらの噂だ。

もしかしたら、結婚するのも遠い未来ではないかもしれない。

明るい侍女たちの言葉に、ララはほんのりと頬を赤らめた。

「ふたりとも、褒めすぎじゃないかしら……」

「「いいえ！」」

純白のドレスを身にまとい、ララ・ノークスはこれから婚儀に臨む。

今では誰も、ララがかつて田舎町の貧乏令嬢だったなんて思わない。

麗しのセシル殿下と並んでも見劣りしない、完璧な淑女だと市井では皆が口をそろえるほどだ。

――きっと、みんなのおかげね。

侍女たち、リリアンナやほかの令嬢たち、そして婚約から結婚式までの間、一緒にヴェールを縫ってくれた義姉のディアンナと王妃。

多くの人の協力と祝福に支えられて、今日、ララはセシルの花嫁になる。

初めてこの宮殿に来たときは、自分がほんとうに第二王子と結婚できるとまでは思っていなかった。

セシルと出会って、五十六番目の婚約者候補だと知ったあとも、宮殿での楽しみは食事にお菓子、侍女たちと過ごす時間ばかりで。

――いつの間に、こんなに彼を好きになっていたのかしら。

物憂げで何を考えているかわからない、美貌のセシル・ハルクロフト・オルレジア。

けれど、彼は誰よりも優しく、いつだってララを守り、愛し、支えてくれる。

あんなにすばらしい人が、自分を妻に迎えてくれた。

この日の喜びを、ララは生涯忘れないだろう。

「ララ、準備はできたかい？」

廊下から、花婿の声がする。

きっと、セシルは芸術作品のような美しい姿で自分を待っている。

――セシルの美貌には、どれほど一緒にいても慣れないわ。きっと今日も見とれてしまうでしょうね。

青紫の瞳が、自分だけを映してくれる幸せを、ララはもう知っていた。

この先、一生、ずっと彼を愛し、愛されて生きる約束を交わすのだ。

空は青く、空気が澄み渡っている。

「ララ？」

返事のない花嫁に、彼がもう一度呼びかけてきた。

――いけない。つい、幸福に浸ってしまったわ！

「はーい、準備はできています！」

大きな声で答えると、扉が開いて花婿が姿を見せた。

純白の婚礼衣装は、セシルをいっそう輝かせている。

彼は、一瞬目を瞠った。

それからゆっくりと、柔らかな笑みを顔中に広げていく。

「よかった。きみが逃げ出さずにいてくれて」

艶のある甘い声に、新しく王太子妃となるララのために配属された侍女たちが、ぽっと頬を赤らめる。

「逃げ出したところで、セシルから逃げられるかしら？」

「それは無理な話だろうね」

白い手袋を着けた大きな手が、ララの前に差し出される。

「もしもきみが逃げたなら、地の果てまで追いかけて、何度でも愛を誓うよ」

「残念だけど、逃げる予定はありません。わたしたち、これから結婚するってご存じ、殿下？」

セシルの手に、自分の手を重ねて。

ララはヴェール越しに愛しい人を見上げた。

若き王子が花嫁の手をしっかりと握る。

「セシル殿下、式典会場への移動をお願いいたします」

ファルティの言葉に、セシルが静かにうなずいた。

ふたりを隔てる扉が、侍女たちの手で開けられる。

それはまるで、未来に続く扉のよう。

ララは、小さく深呼吸して心を落ち着かせる。

「行こうか、俺の妃」

「はい、殿下」

並んで歩く道は、この先、どこまでも続いていく。

それを永遠と呼ぶならば、ララは死の向こう側すら怖くない。

愛する人となら、どこへでも、どこまでも。

「ところで、まだ言っていなかったと思うのだけど」

「はい」

「花嫁衣装のきみがかわいすぎて、押し倒してしまいそうだよ」

真剣なまなざしで、式典の直前にそんなことを言うセシルを、いったい誰が想像できるだろうか。

当然、ララだってそんなことを言われるとは考えもしなかった。

「あ、あの、それはさすがに……」

「嫌かな？」

甘やかに微笑んだセシルは、きっとララが困っているのを知っている。

たまに意地悪をして、ララの反応をたしかめて。

そんな彼のことも愛しくてたまらない。

「……婚儀が終わるまで、待ってください。だって今夜は、初夜、ですから」

「今夜こそ、きみを孕ませる努力をしよう」

「もう！　セシル！」

「あはは、いい笑顔だ。さあ、俺の花嫁を皆に自慢しに行こう」


道はどこまでも光に満ちている。

楽隊の奏でる音楽が聞こえてきた。

結婚式が、始まる。

国中の貴族たちが、若きふたりの結婚を祝うために参列していた。
五十五名の候補者と破談になったのは、ララと出会うためだったのかもしれない。
真実の愛を胸に、ふたりは誓う。
これから先、どんなことがあっても共に生きていくことを——
永遠の愛を。誓いのキスにかけて。

あとがき

こんにちは、麻生ミカリです。

ガブリエラブックスでは六冊目となる『女嫌いな美貌の王子に、ナゼか56番目の婚約者の私だけが溺愛されています』を手にとっていただき、ありがとうございます。

本作は、顔がいいのに妙に憂いと色気のある王子さまを書きたい！　という衝動からスタートしたお話です。厭世的なセシル王子が、前向きララちゃんと出会って、人間らしく成長していくお話でもあります。

頭がお花畑に見えて、実は物事の本質を理解しているキャラクターというのが大好きです。ララはそういうつもりで書いたのですが、うまく伝わっていたでしょうか。ただの大食らいに見えても、おそらく間違いではないですね！

華奢な女の子が、おいしいものを食べている姿というのは、心が洗われます。きれいに食事をする男性というのも好きです。あと、焼き立てのパンや蒸したての肉まんをハフハフしながら食べる人を見るのもニコニコしちゃいます。

結論、わたしは人の食事する姿を見るのが好きなのかもしれません。

セシルも、作者のそういうところを受け継いでいるので、ララの食べる姿に笑顔になってしまうのだと思います。好きな女の子においしいものを与える男性キャラ、書きがちな人生です。

なんにせよ、セシルとララはこの先もとっても幸せな人生を送ってくれそうなタイプなので、永遠にいちゃいちゃしてほしい！　です！


さて、本作はひっそりと脇カプが二組いました。騎士団長とリリアンナ、クロードとディアンナです。

騎士団長のニコラスは、リリアンナがセシルの婚約者候補になる以前から彼女のことをずっと想っていたので、破談になったときには胸を撫で下ろした、という設定がありました。セシルとララがメインのお話なので、そのあたりは本編には書けなかったのですが、わりとお気に入りのふたりです。

女装お兄ちゃんことクロードと、愛する夫のためなら男装しちゃうディアンナのふたりも、作中ではあまり触れられませんでしたが、お互いを想い合っている夫婦でした。そしてディアンナは、男装しはじめたらけっこうハマってしまったんだろうなと思います。男女逆転カプ、おいしいですね。

そして、ひそかにお気に入りだった侍女のファルティとルアーナ。
ドレスものを書くと、どうにも侍女に個性をつけがちな自覚があります。そもそもメイド服ってデザインがかわいいんですよね。それを着ている女性キャラたちに気持ちが向くのも自然なこと（という言い訳です）
しっかり者のファルティと、ちょっとおっちょこちょいなルアーナは、書いていてとても楽しいキャラたちでした。

それと、たぶん侍女たちから愛されてる令嬢を書くのがわたしの好みなのかな、と最近気づきました。ララは、出会う人みんなに愛される女性であってほしいというのもあって、侍女たちからもとてもかわいがられています。


今回、イラストをご担当くださった森原先生。

以前に他社の現代もののでご一緒したことはあったのですが、ドレスものを描いていただくのは初めてで、とても嬉しかったです！

特に、セシルは憂いのある美形という設定でしたので、森原先生の麗しいイラストがあまりにイメージにぴったりすぎて感動しました。ララもとってもかわいらしく描いていただき、感謝の気持ちでいっぱいです。

ステキなイラストをありがとうございました！


最後になりましたが、この本を読んでくださったあなたに最大級の感謝を込めて。

この本が発売されるころには、花粉も少しは落ち着いているでしょうか。今年は、目が痒くてとてもつらかった！　皆さん、花粉症は大丈夫ですか？　わたしは、大人になってからひどくなった感じがします。花粉なんて知らずに生きていきたかったな……。

今年は夏ぐらいまで観たい舞台がたくさんあるので、体力勝負でがんばります。

小説もたくさん書きますし、おそらく小説以外の何かもやっているかなという感じです。

どこかで見かけたときにはよろしくお願いします。
またどこかでお会いできる日を願って。それでは。

惜春《せきしゅん》の候、観劇後の興奮さめやらぬ夜に　麻生ミカリ

ガブリエラブックス好評発売中

gabriella books

追放聖者を王女が拾ったら、溺愛された上に我が国が救われました！

麻生ミカリ　イラスト：ことね壱花／四六判

ISBN:978-4-8155-4086-9

「心配しなくていい。そんなこと考えられなくしてやる」

二大国の王子らから、同時に望まぬ求婚をされて悩む小国の王女アースラは、森で野性的な美青年、シオンに出会う。一撃で魔物を撃退し癒やしの力も持つ彼は、異世界から召喚された伝説の聖者だった。「この国の者たちがあなたを愛してやまないのがわかる気がする」元の世界に帰りたいシオンを手助けすると言いながら、彼に惹かれていくアースラ。シオンもまた彼女に惹かれ触れる手を止められず!?

ISBN:978-4-8155-4098-2

ガブリエラブックスをお買い上げいただきありがとうございます。
麻生ミカリ先生・森原八鹿先生へのファンレターはこちらへお送りください。

〒110-0016　東京都台東区台東4-27-5（株）メディアソフト
ガブリエラブックス編集部気付　麻生ミカリ先生／森原八鹿先生　宛

gabriella books

MGB-086

女嫌いな美貌の王子に、ナゼか56番目の婚約者の私だけが溺愛されています

2023年5月15日　第1刷発行

著　者　麻生《あそう》ミカリ

装　画　森原八鹿《もりはらようか》

発行人　日向晶

発　行　株式会社メディアソフト
〒110-0016
東京都台東区台東4-27-5
TEL：03-5688-7559　FAX：03-5688-3512
http://www.media-soft.biz/

発　売　株式会社三交社
〒110-0015
東京都台東区東上野1-7-15
ヒューリック東上野一丁目ビル３階
TEL：03-5826-4424　FAX：03-5826-4425
http://www.sanko-sha.com/

印　刷　中央精版印刷株式会社

フォーマットデザイン　小石川ふに（deconeco）

装　丁　吉野知栄（CoCo.Design）

ISBN 978-4-8155-4312-9